# 少年維特的煩惱

## DIE LEIDEN DES JUNGEN WERTHERS

GOETHE, JOHANN WOIFGANG VON

歌德 著
林伯年 譯

有關可憐的維特故事，凡是我打聽得到的，我都極其珍惜地收集在一起並呈獻給諸位；我想諸位是會感謝我的。對於他的精神和品格，諸位定將滿懷愛惜和仰慕之情；對於他的遭遇，諸位也不免灑下一把同情之淚。

而你，正經受著他那樣煩惱的善良人啊，就請從他的痛苦中汲取力量；要是你由於命運作梗或自身的過錯，無法找到更知心的人的話，那麼就讓這本小書做你的朋友吧！

# 目錄

# 第一卷

# 一七七一年五月四日

我終於要走了！我多麼高興啊，我的摯友，人心真是莫測啊！要離開你，離開自己曾經相親相愛、朝夕相處的人，竟然會感到高興！我知道對此你是會諒解的。命運又偏偏讓我結識了另外幾個人，這不正是為了擾亂我這顆心嗎？可憐的蕾奧諾萊！但我是沒有過錯的。她妹妹非凡的魅力令我賞心悅目，使卻她可憐的心中產生了激情，這難道怪得了我？然而……我就真的沒有一點兒過錯嗎？難道我不曾助長她的感情？難道當她自然而然地流露真情時，我不曾沾沾自喜，並跟大家一道拿這原本不好笑的事情來取笑她嗎？難道我……唉，人啊，就是這樣慣於自怨自責，真是奇妙莫測！而我，親愛的摯友，我向你保證，我定要改弦更張，絕不再像已往那樣，總愛把命運加給我們的丁點兒痛苦拿來反覆咀嚼回味；而是要享受眼前的歡樂，過去的就讓它過去吧！是的，我的摯友，誠如你所說：人們要不是這麼沒完沒了地、運用想像力去追憶往昔痛苦的回憶──上帝才知道為何把人造成這個樣子──而是對於眼前的遭遇泰然處之，那麼人間的痛苦就會少得多了。

勞駕轉告我母親，我將盡力料理好她那件事，並會儘早給她回信。我已見過我姑媽了，發現她遠非我們在家所講的那個刁鑽婆子，反倒是一位相當熱心腸的夫人。我向她轉達了我母親對於扣下部分遺產未分的不滿；她則向我說明了這樣做的動機和理由，以及要在什麼樣的條件下，她才準備把全部遺產都交出來，也就是說到時會比我們所要求的還要多……總之，我現在還不想具體談什麼；請轉告我母親，一切都會順利的。就在這麼一件雞毛蒜皮般的小事上，我的摯友，我又一次領悟到，在這個世界上，誤解和成見往往比詭詐和惡意還要壞事。無論怎麼說，後兩者是很罕見的。

再來就是，我在此間生活得非常愉快。這是個天堂一般的地方，它的岑寂靜謐正好是一帖醫治我這顆心的靈丹妙藥；還有眼前的大好春光，它讓我這顆疑慮重重的心變得精神煥發。每一株樹，每一排籬笆，都是繁花似錦；我真想變作一隻金甲蟲，到那芬芳的海洋中去遨遊一番，盡情地飽嘗人生。

這城市本身並不算是十分宜人生活，但四周的天然環境卻是妙不可言。也許正是因為這一點才讓已故的M伯爵動了心，才把他的花園建在一座小山丘上。這類小山丘在城外交錯縱橫，千姿百態，美不勝收，山丘與山丘之間還構成一道道宜人的幽谷。花園佈局得很純樸，一進門便讓人感覺到它並非出自某位高明園藝家之手，而倒是出自一個渴望獨享幽寂的人的纖細敏感心靈。對於這座廢園的已故主人，我在那個業已破敗的小亭中灑下了不少追懷的眼淚；這小亭曾是他生前最愛待的地方，如今也成了我流連忘返的所在。不久我便會成為這花園的主人；沒幾天工夫看園人已對我產生好感，因此我會跟他相處得很融洽的。

# 五月十日

一種奇妙無比的歡愉充溢著我的整個靈魂，就像我正專心一意地享受著的那些春意融融的早晨。這地方好像專為懷有我這樣心境的人創造似的；我在此獨自享受著人生的樂趣。我真幸運啊，我的摯友，我完全陶醉於寧靜的生活，結果我的藝術便給荒廢了。

眼下我無法作畫，一筆也畫不出來；但儘管如此，我現在卻感到我比任何時候都更稱得上是個偉大的畫家。每當我在周圍的幽谷中水氣蒸騰，太陽高懸在茂密的林頂，僅稀疏的光芒悄悄射進暗密林的聖地中來時，我便躺在涓涓溪流側畔的茂草叢中，緊貼地面觀察那千百種小草，感覺到它們葉莖間那個擾擾攘攘的小天地——那數不盡也說不清的形形色色的小蟲子、小蛾子——離我的心更近了，於是我感受到按自身模樣創造了我們的全能上帝的存在，感受到將我們托付於永恒歡樂的博愛為懷的天父的氣息。

我的摯友，隨後，每當我的視野變得朦朧不明時，周圍的世界和整個天空都像我愛人的倩影似地印入我的心中時，我便常常產生一種急切的嚮往；

啊，要是我能把它再現出來，把這如此豐滿、如此溫暖地——活在我心中的形象，如神仙呵氣似地吹到紙上，使其成為我靈魂的鏡子，正如我的靈魂是無所不在的上帝的鏡子一樣，這該有多好啊！

但是，不行啊，我的摯友！

我懾服於這壯麗自然景物的威力，而深感自己無能為力。

# 五月十二日

不知是附近一帶有愚弄人的精靈呢，抑或是我自己想入非非，竟然覺得一切都如天堂般美好。在城外不遠的地方就有一處清泉，我真像美人魚蜜露西娜和她的姐妹似地給它迷戀住了。我走下了一座小山丘，來到一個幽深的鐘乳石洞跟前，再走下二十來步石階，便可看見大理石岩縫中湧出一泓清澈的泉水。那繞泉而築的矮牆，那濃蔭匝地的大樹，那泉水周圍的清涼——這一切都有一股誘人的力量，而又有點令人心悸。幾乎每一天我都會在那兒留連個把小時。城裡的姑娘們也常來打水，這種最平凡又最必要的工作，古時候連公主們也要親自操勞。每當我坐在那兒，古代宗法社會的情景便又活現在我的眼前，我彷彿又看見老祖宗們全聚集在清泉邊，會友的會友，聯姻的聯姻；而在清泉四周的空中，卻飛舞著無數善良的精靈。啊，誰不曾在夏日的長途跋涉後品嘗過這令人神怡氣爽的清泉，誰就無法體會到我的感受。

## 五月十三日

你說需不需要寄書給我？我的摯友，我求求你看在上帝份上，千萬別拿它們來打擾我吧！我不願意再被指導，被鼓舞，被激勵；我這顆心本身就夠不平靜的了。我需要的是催眠曲，而我的荷馬❶，就是一首再好不過的催眠曲，為了使自己沸騰的血液冷靜下來，我便常常輕聲哼唱這支曲子；要知道你還不曾見過任何東西，像我這顆心似地反覆無常，變化莫測喲，我的摯友！關於這點我對你毋須多作解釋；你不是已無數次地見過我從憂鬱一變為喜悅，從感傷一變為興奮，因此而擔驚受怕過嗎？我自己也把我這顆心當作是一個生病的孩子，對他總是有求必應啊！可別把這話聲張出去，傳開了會有人罵我的。

❶荷馬相傳為公元前八世紀前後的希臘盲詩人，他的名作有史詩《伊利亞特》和《奧德賽》。維特讀的為後者。

# 五月十五日

本地的居民們已經熟識我，並且喜歡我，尤其是那班孩子們。起初，我跟他們接近，友好地向他們問這問那，他們當中有些人還當我是拿他們尋開心，便粗暴地不再理睬我。我並不氣惱；相反地，卻對一個我已多次發現的情況，有了切身的體會。那就是某些稍有地位的人，總是對老百姓抱冷淡疏遠的態度，似乎一接近就會失掉什麼；同時又有一些淺薄之流的搗蛋鬼，表面上裝出一副紆尊降貴的模樣，骨子裡卻想叫百姓更好地嘗嘗他們那傲慢的滋味。

我十分清楚地知道，我跟他們不是一樣的人，也不可能是一樣的人；但是，我以為誰要是覺得有必要疏遠所謂下等人以保持自己的尊嚴，那他就跟一個由於害怕失敗而逃避敵人的懦夫那般地可恥了。

我不久前到清泉那兒去，碰到了一個年輕的使女，見她把自己的水甕擱在最低的一級台階上，正在那兒東張西望，等著同伴幫她把水甕擱到頭頂上去。

我走下台階，望了她一下。

「要我幫妳一把嗎，姑娘？」我問。

她頓時滿臉通紅。

「噢不，先生！」她驚叫道。

「別客氣！」

她扶正了頭上的墊環，我便幫她把水甕擱好。她道過謝，登上台階去了。

# 五月十七日

我結識了各式各樣的人物，但能志同道合的卻一個也沒有。我不知道自己有什麼吸引人的地方，他們那麼多人竟然都喜歡我，願意跟我親近；而唯其如此，我又為我們只能在短短一段路內結伴而行感到難過。你要是問這兒的人怎麼樣，我只能回答：到處都是一個樣兒！人類嘛都是一個模子倒出來的。多數人整天為生活奔波而花去大部分時間；剩下的一點點餘暇卻使他們犯起愁來，非千方百計打發掉不可。這就是人類的命運啊！

此地的人倒挺善良！我常常忘掉自己的身分，跟他們一起共享人類還保留下來的一些歡樂，或圍坐在一桌豐盛的筵席前開懷暢飲，縱情談笑，或逢上良辰吉日舉行一次郊遊、一次舞會——這些都對我的心境產生了很好的效果；只是此時我不能想到，我身上還有許多其他能力未及時發揮，正在發霉腐朽，不得不小心翼翼地把它們收藏起來。唉，一想到這一點，我的整個心都緊縮了。可又有什麼辦法！遭人誤解，便是我們這種人的命運。

唉，我青年時代的女友已經死了！唉，幹嘛我當初注定要跟她相識呢！我本該對我自己說：

「你是個痴心妄想的人！你追求著人世間找不到的東西啊！」可是，她確實曾經是我的，我感受過她的心，她的偉大的靈魂；跟她在一起，我自己彷彿也增加了人生的價值，因為我成了再也無法更充實的人。仁慈的主啊！那時候，我心靈中的何種能力還不曾發揮？在她的面前，我不是把我的心用以擁抱宇宙的奇妙情感統統抒發出來了嗎？我跟她的交往，不就是一幅不斷地用柔情、睿智、以及戲謔胡鬧等等織成的錦緞嗎？在這一切上面，全留下了獨特的印記呀！可如今！唉，她先我而生，也先我而去了。我將永遠不會忘記她，不會忘記她那卓然的才智，不會忘記她那天使般的寬容大度。

幾天前，我遇到了一個叫V的青年，他為人坦蕩，模樣兒也挺英俊。他剛剛大學畢業，雖說還不敢以才子自居，但卻總自認為比別人多幾分學問。我從一些事情上看得出，他學習起來倒很勤奮，一句話，也相當有知識吧！當他得知我會畫畫，還懂希臘文——這在此間可算得是兩大奇技——便跑來找我，把他淵博的學識一古腦兒抖了出來，從巴托❷談到伍德❸，從德・俾勒❹談

---

❷巴託：法國美學家，法國藝術哲學奠基人。

❸伍德：英國著名荷馬研究家。

❹德・俾勒：法國畫家和美術理論家。

到溫克爾曼❺，並要我相信他已經把蘇爾澤❻的理論的第一卷，已通讀了一遍，他還收藏有一部海納研究古典文化的手稿呢！對他的話我權且相信，隨他說去。

我還結識了一位很不錯的男子，是侯爵給本城任命的法官，他為人忠厚老實。據說，誰要是看到他跟他的九個孩子在一起，誰都會打心眼裡感到高興；尤其是對他的大女兒，大家更是讚不絕口。他已邀請我上他家去，我也打算儘早前往拜訪。他住在侯爵的獵莊上，離城約有一個半小時路程；自從妻子亡故以後，住在城裡和法院裡都讓他心頭難受，於是便獲准遷往獵莊去了。

此外，我還碰見了幾個怪人，他們的一舉一動都叫你受不了，尤其是他們的那股相當猛烈地親熱的勁頭。

再談吧！這信一定會令你喜歡，它完完全全是一種客觀的紀實啊！

---

❺溫克爾曼：德國考古學家和古代藝術史家。
❻蘇爾澤：德國古典語言學家和古希臘文學研究家。

# 五月二十二日

人生若夢，這是許多人都有過的感觸，而此種感觸也隨時隨地縈繞在我的心頭。我常常看見人的創造力和洞察力都受了束縛；我常常看見人的一切活動，都是為了滿足某些需要，而這些需要除了延長我們可憐的生存以外，本身又毫無任何目的；我還發現，人從某些探索結果中得到了安慰，其實只是夢幻者們的一種消極的克制，正如一個囚居斗室的人，把四壁統統畫上五彩繽紛的形象和明媚的景物以自娛一般——這一切，威廉喲，都令我啞口無言。我只好回過頭來探索自己，竟發現了一個世界哩！但在這個世界裡，更多的是幻想和朦朧的渴望，而不是鮮明的目的和活力。這樣一來，一切又在我的眼前浮動；我也像在夢裡似的過活，繼續對著世界微笑。

大大小小的學究們都一致斷定，小孩兒是不知為何而有所求的；豈只小孩兒，成人們還不是在地球上瞎闖；同樣不清楚自己行動的方向，同樣幹起事來漫無目的，同樣受著餅乾、蛋糕和樺木鞭子所左右。此中道理雖無人願意相信，但在我看來卻是顯而易見的。

因為我清楚你的觀點，我倒樂於向你承認：我認為，那些能像小孩兒那樣懵懵懂懂地過日子的人，他們是很幸福的。他們也跟小孩兒一個樣拖著自己的洋娃娃四處亂跑，把它們的衣服脫掉又穿上，穿上又脫掉，不然就乖乖地圍著媽媽收藏甜點心的抽屜轉來轉去；終於弄到了甜滋滋的點心，便滿嘴滿口地大嚼起來，一邊還嚷著：還要！還要——這才是幸福的人哩！

還有一種人，他們給自己的無聊勾當以及慾念冠以種種漂亮的頭銜，美其名曰為人類造福的偉大事業；他們的生活也是叫人羨慕的。願上帝賜福給這樣的人們吧！可是，誰要是能虛懷若谷地承認這一切所造成的虛榮；誰要是能看見每一個知足的市民如何循規蹈矩，善於將自己的小小花園變成天國，又能看見不幸者如何忍辱負重，繼續氣喘吁吁地跋涉在人生的道路上，並且人人全都渴望多見一分鐘陽光——是的，誰要是能認識到和看到這些，他也就會心安理得，自己為自己創造一個世界，並且為生而為人感到幸福。這樣愉快的自由感覺；因為他知道只要願意他隨時隨地都可以擺脫這個牢籠。

# 五月二十六日

你懂得我這個人一向是很習慣隨遇而安的，只要有個僻靜的角落，便可建一間茅舍住下來，其他條件一律不考究。就在此地，我也看中了這麼個對我有吸引力的所在。

該所在離城約有一小時路程，名叫瓦爾海姆❼，座落在一個山崗上，景色美麗如畫。沿崗子上的小路從村子往外走，整個幽谷便盡收眼底。房東是位上了年紀的婦人，行動仍然利索，十分好客，她端出葡萄酒、啤酒和咖啡來請我喝。但最令人心曠神怡的是兩株大菩提樹，只見它們挺立在教堂前的小壩子上，枝葉扶疏，綠蔭如蓋，四周圍著農家的小屋、倉房和場院。如此僻靜、如此宜人的所在，實不多見，我便常常讓人把房中的小桌和椅子搬到壩子上，在那飲我的咖啡，讀起我的荷馬來。

頭一次，在一個風和日麗的午後，我信步來到菩提樹下，發現這地方異常僻靜。其時人們全

❼ 讀者不必勞神考證書裡的這些地名，因為編者出於無奈已將原信中的真地名改換了（作者注）。

下地去了，只有一個約莫四歲的小男孩，盤腿席地坐在壩子上，懷中還摟著個半歲光景的幼兒；他就用自己的雙腿和胸腹給弟弟做成了一把安樂椅。他靜悄悄地坐著，一對黑眼睛卻靈活地瞅來瞅去。我讓眼前的情景迷住了，便坐在對面的一張犁頭上，興高采烈地畫起這小哥兒倆來。我把他們身後的籬笆、倉門以及幾個破車軲轆也全都照原樣給畫上了；一小時後，我便完成了一幅佈局完美、構圖有趣的素描畫，其中沒有摻進一丁點兒我自己的東西。

因為這個發現增強了我今後皈依自然的決心。只有大自然，才是瑰麗多彩、永不枯竭；只有自然，才能造就大藝術家。對於成規，人們可以好話說盡，正如對於社會法令，也可以讚不絕口一般。誠然，一個按成規培養的畫家，絕不至於繪出拙劣乏味的作品，就像一個奉公守法、循規蹈矩的人，絕不至於成為一個惹人討厭的鄰居或者大惡棍一般；但是，從另一方面看起來，所有的清規戒律，不管你怎麼講，都會破壞我們對大自然的真實感受與真實表現！

你也許會說：「這說法太過分啦！規則僅僅起著節制和剔除枝蔓這樣一種作用罷了！」我的摯友，我給你打個比方好嗎？就拿談戀愛來說吧！一個青年一心一意愛上了一個姑娘，整天廝守在她身邊，耗盡了全部精力和錢財，只是為了時時刻刻向她表示，他對她的所作所為都是出自一片至誠啊！誰知卻突然冒出來個庸人，一個有點地位和名氣的人，對他講：「我說小伙子呀！戀愛嘛乃人之常情，不過你也須跟常人似地愛得有個分寸。喏，把你的時間分配分配，正當的時間用於工作，閑暇的時候才去陪愛人。好好計算一下你的財產，除去生活必需的若還有剩餘，我不反對你拿去買件禮物送她，不過也別太經常，在她過生日或命名日（編按‧命名日是指和本人同名的聖徒的紀念日，主要是在天主教、東正教的國家有這種慶祝的習俗）時送送就行了。」他要是聽從這忠告，便會多了一位有為的青年，連我本人都樂意向任何一位侯爵舉薦他，讓他充任侯爵的僚屬；只是他的愛情從此也就完啦，倘使他是個藝術家，那他的藝術從此也就完啦！

我的摯友啊，你們不是感到奇怪天才的巨流，為什麼難得激起洶湧，奔騰澎湃，而掀起能讓你們驚心動魄的狂濤大浪呢？親愛的摯友，那是因為在這巨流的兩岸上，住著一些四平八穩的老爺，他們擔心自己的亭園、花畦、苗圃都會被洪流所沖毀，為了防患於未然，早已及時築好河堤，修好渠道了。

# 五月二十七日

我發覺我講得高興，只顧打比方，發議論，竟然忘了把那兩個孩子後來的情況告訴你。我在犁頭上坐了將近兩個小時，完全沉醉在作畫裡；關於當時的心情，我在昨天的信裡已零零碎碎向你談了一些。傍晚，一個手腕上挎著小籃子的年輕婦女突然出現了，向一直坐在壩子上沒動的小孩子走來，並老遠就嚷著：「真乖啊，菲利普斯！」她向我問好，我說了聲謝謝，隨即站起來，走近去，問她是不是孩子們的媽媽。她回答「是」，一邊給那大孩子一塊甜麵包，一邊抱起那個小嬰兒，滿懷母愛地親吻著。「我把小嬰兒交給我的菲利普斯照顧，」她說，「自己便跟老大一道進城買麵包、糖和熬粥的砂鍋去了。」在那蓋子已經脫落的籃子裡，我看到了這些東西。「我打算晚餐時給咱漢斯（這是小嬰兒的名字）熬點粥。而我那老大是個淘氣鬼，昨天跟菲利普斯爭粥子吃，把鍋都給砸啦！」我問她老大現在何處，她回答說他把鵝趕到草地上去了。然而話音未了，他已一蹦一跳地跑來，給他大弟弟送來了一根榛樹鞭子。我繼續跟那婦人閒聊，得知她是一位教員的女兒，丈夫為著承繼一位堂兄的遺產上瑞士去了。「人家存心騙他，」她說，「連信都不給他回，所以只好親自去一趟了。他去了之後，卻杳無音信，但願別出什麼事才好啊！」

跟婦人分別時，我心裡覺得很難過，便給了孩子們一人一枚銀毫子，另外再給了他們的媽媽一枚，請她下次進城時買個甜麵包回來，拿給那個小嬰兒拌粥吃。隨後我們便分別了。

請相信我，我的摯友，每當我心煩意亂的時候，只要看一看這樣一個心平氣和的人，便可以平靜下來。這種人樂天知命，過一天是一天，看見樹葉落時，只會想「冬天快到啦」，此外就沒有別的想法。

自從那天之後，我開始到村子各處去。那些孩子們都跟我混熟了，在我喝咖啡時得到糖吃，傍晚跟我一道分享黃油麵包和酸奶。每逢禮拜天，我總要分給他們銀毫子，即使做完彌撒我沒回家，我也請房東太太代為分發給他們。

他們十分信賴我，什麼話都對我講。每逢村裡別的孩子都跟他們一道聚到我這兒，玩得興高采烈，隨便什麼願望都徑直表露出來的時候，這一情景更是令我快活得什麼似的。

孩子的母親總擔心「他們會打擾少爺」，我可費了好大的勁，才打消了她的憂慮。

# 五月三十日

不久前，我對你講過的關於作畫的想法，顯然也適用於寫詩；只不過詩人要做的是發現美好的事物，並且要大膽地用自己的話表達出來，做到言簡意賅。今天我見到了一個場面，只要照實寫下來，便可成為世間最美的一首田園詩，然而詩也罷，場面也罷，田園牧歌也罷，統統有什麼意義呢？難道我們非求助於藝術便不能享受大自然的風光？

聽了這段開場白，要是你指望後面會有什麼高見宏論，那你就又上當了。使我這麼大發感慨的，僅僅是一個青年農民罷了。我跟往常一樣，會講得不好；而你也跟往常一樣——我想，會認為我誇大其詞，又是在瓦爾海姆，在這個地方稀罕事兒可算是層出不窮呢！

有一伙人聚在屋子外邊的菩提樹下喝咖啡。我不太喜歡他們，便藉故躲到了一旁。

這當兒，從旁邊的農舍走出來一個青年，在那裡修理我曾經畫過的那張犁。他看起來挺討人喜歡，於是我跟他話起家常，打聽起他的境況。用不了多久，我們倆就已經混熟了，而且按我跟這類人交往的習慣，立刻便無話不談。他告訴我，他在一位寡婦家裡當長工，她待他非常好。

一提起他的女東家，他就喋喋不休，讚不絕口，我馬上看得出，他對她已傾倒得五體投地。他說，她已不很年輕，又受到過前夫的虐待，已不準備再嫁人了。從他的談吐我明顯地感到，她在他眼裡乃是世上再美麗不過、再動人不過的了，他朝思暮想她能選中他，好讓他有機會幫她抹去她那前夫所留下的遺恨。但要對你描述出這個人的傾慕、痴情和忠貞不渝，就必須逐字逐句重複他的話才行。

對了，還必須具有偉大詩人的天分，才能繪聲繪色地描述出他那神情，他那動聽的嗓音，他那火熱的目光。不！沒有任何語言，能夠表達出他的整個內心和外表所蘊藏的柔情；否則，經我一重述，一切都會變得平淡而乏味了。特別令人感動的是，他那樣擔心我會以為他跟她的關係不正常，會懷疑她的良好德行。

當他講到她的容貌，講到她那雖已不再具有青春的誘惑力，但卻強烈吸引著他的身段時，他那神情更是無法描述，我惟有在自己心靈深處去體會、去重溫。如此純潔的愛戀、如此純潔的渴慕，我一生中從未見過。是的，也許可以講，連想也未曾想過，夢也未曾夢過。請別罵我，要是我告訴你，當我回憶起這真摯無邪的愛情來時，我自己心中也熱血沸騰，眼前便隨時出現一個忠貞嫵媚的倩影，彷彿我也為愛戀的烈焰所燃燒，害起了如飢似渴的相思來。

我渴望儘快地見到她；不，細思之後，我又想避免見到她。還是用情人的目光去看她豈不更好？她要是真出現在我面前，也許便不再是我目前想像的樣子，而我又何必破壞這美的形象呢？

# 六月十六日

我幹嘛久不給你寫信？你竟然提這個問題，還自稱是個學究呢！你應該猜想得到，我過得很好，好得簡直……乾脆告訴你吧，我認識了一個人，她使我無心他顧了。我已經……我真不知道怎麼說才好。

要把認識這個可愛的人兒的經過一五一十地告訴你，實在叫我為難。我心滿意足，心花怒放，因此倒不適合當講故事的能手了。

一位天使！得啦，誰都會這麼稱呼自己的心上人，不是嗎？可我無法告訴你她有多麼完美，為什麼能如此完美，一句話，她完全俘虜了我的心。

她是那麼聰明而純樸，那麼善良而剛強；心靈那麼寧靜，生活卻那麼活躍向上……

我講的全是廢話連篇，空空洞洞，俗不可耐，絲毫沒有反映出她的本來面目。等下次……不，不等下次，我現在立刻就把一切都對你講。我現在要是不講，就永遠也別想講了。要知道，我坦白告訴你，在開始寫這封信以後，我已經有三次差點兒扔下筆，讓人給馬裝上鞍子，騎馬出門去。雖則我早上已發過誓說今天不再出去了，但是我仍時時刻刻跑到窗前，看太陽還有多高，是不是……

我到底沒能克制住自己，我忍不住又去了她那兒。我剛剛回家來，一邊吃黃油麵包當夜宵，一邊給你，威廉，繼續寫信。當我看見她在那一群活潑可愛的孩子中間，在她的八個弟妹中間，我的心中是何等欣喜啊！

倘使我照這個樣子繼續往下寫，那麼到頭來你仍然會摸不著頭腦的。聽著，我要強迫自己詳詳細細地把一切都告訴你。

不久前我曾說過，我認識了法官S先生，他還邀請我儘快去他的隱居所，或者說他的小王國作客。我呢，卻把此事一拖而再拖；要不是一個偶然的機會，讓我發現了那藏在僻靜角落中的珍寶，我也許永遠也不會去的。

此地的一些年輕人倡議舉辦一次郊外舞會，我欣然同意前往參加。事前，我還答應了本地一位頗有名氣、長相尚可、除此便不怎麼樣的姑娘做舞伴，並已商定由我雇一輛馬車，帶上我這舞伴和她表姊一起出城去聚會地點，順道兒還接一接S家的夏綠蒂❽。

---

❽ 夏綠蒂：為本書女主人公綠蒂的原型。

「您馬上就可看到一位漂亮的小姐了啊！」當我們的馬車沿寬闊的林間通道向獵莊駛去的時候，我的舞伴開口了。

「不過，您得當心，」她的表姊隨聲附和道，「可別愛上了她呀！」

「為什麼？」我問。

「她已經許給了一個挺不錯的小伙子，」那表姊回答道，「目前他並不在家裡，他父親去世了，他去料理後事，順便謀個體面的職務。」

我對這個消息並不感到興趣。

我們去到獵莊大門的時候，太陽尚未下山。其時天氣悶熱，姑娘們都顯得憂心忡忡，說那天邊的灰白色雲朵要是釀出一場暴雨來，那可就煞風景了。我擺出一副精通氣象學的架勢來安慰她們，其實我自己也開始擔心我們的舞會呆要遇上麻煩了。

我下了馬車，一個女僕趕到大門前來請我們稍候一下，說是小姐立即就來。我穿過院子，走向在它後面建築得很考究的內屋。就在我踏上那台階、跨門進去的當兒，一幕我見所未見的動人情景，映入了我的眼簾。在前廳裡，六個從兩歲到十一歲的小孩全都圍在一位豐姿綽約的少女身邊，但見她中等身材，衣服潔白淡雅，袖口和胸襟上繫著玫瑰色的蝴蝶結。她正拿著一個圓形黑麵包，按周圍弟妹們不同的年齡和胃口，依次切給他們大小不等的一塊；她把麵包遞給每個孩子時都表現出十分慈愛，小傢伙們不等麵包切下來早就伸出小手，不停地叫著「謝謝！」然後，有的蹦蹦跳跳地跑開去享用他的晚餐，而那些性格比較文靜的則悄悄地踱到大門口，打量起陌生的人們和那輛他們的綠蒂將要搭乘出門的馬車來。

「請原諒，」她說，「勞您駕親自跑進來，還讓姑娘們久等。我忙於換衣服和張羅離開前的一些家務，竟忘了給小傢伙們安排晚餐，而他們只一心一意要我給他們切的麵包啊！」

我含糊地向她客套了兩句，而我的整個心靈卻讓她的容貌、她的聲音、她的舉止吸引住了。直到她跑進隔壁的房間去取手套和扇子，我才從驚喜中回過神兒來。小傢伙們都站在一旁瞅著我，我這時便朝年齡最小、模樣也逗人的一個走過去，可他卻想退走。

「路易斯，跟這位哥哥拉拉手。」她這當兒正好出門來，說道。

小男孩於是大大方方地把手伸給我，我忍不住吻了一下，也顧不得那小鼻子還流著鼻涕。

「哥哥？」我問道，一邊把手伸給她，「您真認為我配做您的親戚嗎？」

「噢，」她戲謔地一笑，說道，「我們的親戚可多著哩。要是您是其中最差的一個，那我可就有些遺憾啦！」

臨走前，她又叮囑大妹妹蘇菲，一個約莫十一歲的小姑娘，要好好照看弟妹們，並在爸爸騎馬散步回家時代為問安。她還要小傢伙們聽從蘇菲姊姊的話，就像聽從她的話一樣。他們幾乎全都答應了，只有那個六歲的金髮小機靈鬼獨個兒反對說：「不，這可不一樣，綠蒂姊姊，我們就是更喜歡妳嘛！」

這時，最大的兩個男孩已經爬到馬車上；經我代為求情，她才答應他們倆乘車到林子邊上，條件是他們要保證坐得安穩，不許互相打鬧。

我們剛一坐穩，姑娘們便寒暄開了，並品評起彼此的穿著，特別是帽子來，還對被邀請參加舞會的其他人，做了一番評頭論足。正講在興頭上，綠蒂已招呼停車，讓她的兩個弟弟下去。而且小哥兒倆卻要求再次親她的手：那個十五歲大的彬彬有禮地吻過，那個小的則吻得毛手毛腳的。綠蒂還讓他們倆又一次問候小弟妹們，車子才開走了。

表姊問綠蒂，有沒有把新近寄給她的那本書讀完了。

「沒有，」綠蒂回答說，「這本書我不怎麼喜歡，您可以拿回去了。而上次的那一本也不見得好看。」

我問是怎樣的書，她的回答令我大吃一驚……❾我從她所有的談吐中發現她是那樣富有個

❾我被迫把信中的這一段刪去，以免招惹別人的不滿，儘管任何作家實際上都不把一個毛丫頭和毛孩子的意見放在心上（作者注）。

性；每聽她講一句，我都在她的臉龐上發現新的魅力，新的精神光輝。漸漸地，這張臉龐似乎更加煥發和舒展了，因為她感覺到了，我是很理解她的。

「當我還比較年輕的那陣子，」她說，「我愛讀小說簡直愛得入了迷。禮拜天總是躲在一個角落裡，整個心分擔著燕妮姑娘❿的喜怒哀樂。上帝知道我那時有多幸福啊！我不否認，這類書現在對我仍有某些吸引力。可是，既然眼下我很少有工夫再讀書，所以我讀的書必須十分對我的口味。我最喜歡的作家也必須能讓我找到我的世界，他書裡寫的彷彿就是我本人，使我感到那麼有趣、那麼親切，恰似我自家那種生活，雖然它還不像天堂那麼美好，但總算是一種不可言喻的幸福的源泉啊！」

聽了這番議論，我好不容易才抑制住自己的激動。而這種理智的約束也自然沒有能維持多久，因為一聽她順便提到《威克菲牧師傳》⓫以及……⓬竟談得簡直是真知灼見，我便又忘乎所以，把自己的想法一古腦兒倒出，講啊講啊，直到綠蒂轉過頭去跟另外兩位姑娘搭訕，我才發現她們倆一直被冷落在一旁。那表姊曾不止一次地對我做出嗤之以鼻的樣子，我卻絲毫也不在意。

---

❿燕妮姑娘是當時流行的一部感傷主義小說的女主人公。

接著，話題轉到跳舞的樂趣上來了。

「就算這種愛好是個缺點吧，」綠蒂說道，「我也樂於向您們承認，我最喜歡的就是跳舞。有時候我心中有點兒煩惱，可只要我在我那架破鋼琴上彈支鄉間舞曲，便什麼都忘了。」

她說話時，我盡情地欣賞她那黑溜溜的眼睛；我整個的魂魄兒，都讓她那活潑伶俐的小嘴和艷麗爽朗的臉龐給攝走了！她雋永的談吐完全令我陶醉，對於她用些什麼詞語我也就顧不上聽了──當時的情形你並不難想像得出，因為你是了解我的。簡而言之，當馬車安穩地停在聚會的別墅的面前時，我走下車來已經像個夢遊者似的，神魂顛倒，在周圍朦朧的世界裡想入非非，就連從樓上燈火輝煌的大廳中迎面飄來的陣陣樂聲，我也充耳不聞了。

表姊和綠蒂的舞伴是奧德蘭先生和某某先生──誰記得住所有的名字呵！他們在車旁迎接我們，各人挽住自己的女友，我也領著我的舞伴，朝上面大廳走去。

大伙兒成雙成對地旋轉著，跳起了法國牟涅舞；我逐一跟姑娘們跳，而那些最討厭的人偏偏

---

⓫《威克菲牧師傳》是英國著名作家哥爾斯密的一部小說，歌頌樸實自然的田園生活。

⓬此處也刪去了幾位本國作家的名字。因為受到綠蒂賞識的人，一讀到這段話心中便自有所感，而局外人則無須知道（作者注）。

最不願放你走。後來，綠蒂和她的舞伴跳起了英國鄉村舞；在輪到她跟我們交叉的一剎那，你想想我心裡是何等地狂喜喲！看她跳舞才真叫大飽眼福！你瞧，她跳得那麼專心，那麼忘乎所以，一切動作都是那麼和諧。她無憂無慮地跳著，神態自若地跳著，彷彿跳舞就是一切，除此她便無所思，別無所感似的；此刻，任何別的事物都從她的眼前消失了。

我邀請她跳第二輪英國鄉村舞；她答應第三輪陪我跳，同時以最可愛的坦率態度對我說，她可喜歡跳德國的華爾滋舞了。

「我們這裡的習慣是，跳華爾滋時姑娘應跟原舞伴跳到底，」她說，「只是我的舞伴華爾滋跳得太糟了，巴不得我免掉他這份苦差事。而您的姑娘跳得也並不好，又不怎麼喜歡跳；我從您剛才跳的英國舞看得出，您的華爾滋倒不錯呢！要是您樂意陪我跳的話，那您就去徵求我的舞伴同意，我也去找您的姑娘說說。」

我一聽便同意了，於是我們商定，在跳華爾滋舞時由她男舞伴陪著我的女舞伴閒聊。

跳舞開始了！我們倆挽著手臂做出種種姿態，以此開心了好一陣子。瞧她跳得多嫵媚，多輕盈啊！當時華爾滋舞剛流行，一雙雙舞伴旋轉起來快似流星，所以真正會跳的人很少，一開頭舞場上便亂成一團。我們很機靈，先讓那班笨蛋們蹦個夠，等他們退場了，我們才跳到中間去，跟另外一對兒也就是奧德蘭他們在一塊，大顯起身手來。我從未跳得如此輕快過，簡直是飄飄欲仙了。我臂彎裡摟著個無比可愛的人兒，帶著她旋風似地飛旋，眼前的一切都消失了……威廉喲，不瞞你說，我已在心中起誓，我寧可粉身碎骨，也絕不肯讓出這個我愛的姑娘，我渴望佔有的姑娘，不想讓她在跟我跳過以後還去跟任何人跳呵。你是理解我的呀！

我們在大廳中漫步了幾圈，為的是讓人喘過一口氣來，隨後她坐下了，很高興地吃著我費了好大的勁才弄到的，如今已所剩不多的幾個橘子。這橘子真有使我們的精神煥然一新的功效。只是當她每遞一片給她鄰座姑娘，那姑娘也老大不客氣地接過去就吃起來時，我的心便像被刀刺了一下似的疼痛。

在跳第三輪英國鄉村舞時，我們是第二對。我們倆跳著從隊列中間穿過，上帝知道我是多麼快活。我勾著她的胳膊，盯住她那洋溢著無比坦誠、無比純潔的歡愉的盈盈秋波；不知不覺間，我們跳到了一位夫人面前。她年紀雖已不輕，然而風韻猶存，因而引起過我的注意。只見她笑吟吟地瞅著綠蒂，舉起一個手指頭來像要發出警告似的，並在我們擦過她身邊時意味深長地唸了兩次「阿爾伯特」這個名字。

「誰是阿爾伯特？」我問綠蒂，「恕我冒昧地打聽一下。」

她正要回答，我們為了跳個大「8」字已不得不分開了。等到我再跟她擦身而過的一剎那，我彷彿看到了她滿思慮的神色。

「我幹嘛要瞞您呢？」她一邊伸過手來讓我牽著徐徐往前走，一邊告訴我，「阿爾伯特是個好人，我跟他可以說已經訂婚了。」

對我來說，這事本來算不了什麼新聞，因為在來這裡的路上姑娘們早就告訴過我了；可是經過剛才的一會兒工夫，她對我已變得這般珍貴，此刻再把這事跟她一聯繫，我就感到非同小可了。一句話，我心煩意亂，張惶失措，竟然竄進了別的對兒之中，把整個隊形攪得七零不落。多虧綠蒂十分冷靜，費勁地將我又拉又拽，才迅速地恢復了秩序。

舞會還沒有收場，天邊已經電光閃閃，隆隆的雷聲淹沒了音樂。閃電是我們早就看見了的，可我一直解釋說，那只不過是閃電而已。這當兒三個姑娘逃離了隊列，她們的舞伴則尾隨其後，秩序頓時大亂，伴奏也停止了。不消說，人在縱情歡樂之際突遭不測和驚嚇，那感觸要比平時來得更加強烈；一方面因為兩相對照，使人感覺到事物更加明顯，而最主要的卻是，我們的感官這時已變得十分敏銳，接受起感觸來也就更快。這就難怪有好些姑娘一下子就嚇得臉無血色。她們當中最理智的一個坐到屋角上，背抵窗戶，手捂耳朵。另一個跪在她跟前，腦袋埋在她懷裡。第三個則擠進她們倆中間，摟著自己的女友，淚流滿面。有幾個急於要回家去，另一些更是不知所措；她們連駕馭我們那些年輕討好奉承者的心力都沒有了，只知道戰戰兢兢地祈求上帝，結果小伙子們便放肆起來，全忙著用嘴從那些受驚的美人兒的芳唇捕捉她們的禱告，也沒遭到抵擋。

有幾位先生乘機溜到下邊悠閒地抽菸去了；其餘的男女客人都愉快地贊成女主人的好主意，來到了一間有百葉窗和窗幔的屋子裡。大家剛一進門，綠蒂便忙著把椅子排成一個圓圈。等人們坐定了，她才開始建議大伙兒玩一場遊戲。

我瞅見有幾個小伙子已經垂涎欲滴，伸長脖子，盼望著去領優勝者的厚賞了。

「喏！讓我們玩數數的遊戲，」綠蒂說，「請留意啦！我要沿著圓圈從右向左走去，你們就挨個兒及時報數，每個人要報出輪到他的那個數目字，而且要報得快，誰要是結巴或報錯了，我就要賞他一記耳光，這麼一直報到一千為止。」

這麼一來才有好戲看嘍！只見綠蒂高舉著一隻手，繞著圈子走起來。頭一個人報「一」，鄰近的人報「二」，再下一個人報「三」，挨次報下去。隨後綠蒂越走越快，越走越快。這當兒有誰報錯了「啪！」——挨了一記耳光，他的鄰人便哈哈大笑，竟忘了報數，也是啪的一聲。速度更加快了。我本人也挨了兩下子；令我暗喜的是，我發覺我挨的這兩下子比她給其他人的都要重些。可是，不等報到一千的數目，大伙兒已笑成一堆，再也玩不下去了。這時暴風雨也已過去，好朋友們三三兩兩走到一邊，我也跟著綠蒂返回大廳去。

半路上，她對我說道：

「他們吃了耳光，倒把打雷下雨什麼的都忘個精光啦！」

我一下子不知道該說什麼好。

「我也是膽小如鼠的一個，」她接著又說，「可我要儘量鼓起勇氣來給別人壯膽，結果自己也就膽大起來了。」

我們來到一個窗子跟前。雷聲尚在遠方迴響，甘霖灑落在大地上，空氣中有一股撲鼻的芳香升騰起來，沁人心脾。她臂肘支在窗台上佇立著，先凝視窗外的景色，然後時而仰望蒼空，時而瞅瞅我；我看到她眼裡噙滿淚花；她把手擱在我的手上，嘆道：

「克洛卜托克呵！」

我頓時想到了那首此時此刻縈繞在她腦際的壯麗頌歌⓭，感情也因之洶湧澎湃起來。她僅僅用一個詞兒便打開了我感情的閘門。我忍不住把頭俯在她手上，熱淚盈眶地吻起來。隨後我又仰望她的眼睛——高貴的詩人呵！你要是能在這目光中看到一種虔敬的喜悅，那就太好了；從今以後，我再也不願從那班常常褻瀆你的人的嘴裡，聽見你的名字！

---

⓭ 克洛卜斯托克為歌德之前最傑出的德國抒情詩人，「壯麗的頌歌」是指他的〈春祭頌歌〉。

# 六月十九日

前一次講到哪兒，我已經記不得了；我只知道，我上床睡覺時已是凌晨兩點。要是我能當面跟你聊聊，而不是寫信，我準會讓你一直陪我坐到天亮的。

舞會歸途中發生的情況，我還沒有講，今天仍然沒有時間講。

那天的日出真是美極了！周圍是滴水瀝瀝的樹林，嫩翠盈盈的原野！我們的兩位女伴都打起盹兒來了。綠蒂問我，我是否也想像她倆一樣瞇一下眼，並說我用不著操心她。

「只要我看見這雙眼睛在我面前閃亮，」我目不轉睛地望著她，說道：「只要有它我就絕對不會睏倦的了。」

這樣，我們倆便一直堅持到她家大門口都沒有打盹。女僕輕輕地為她開了門，並回答她的詢問說，父親和孩子們都好，眼下全都還在睡覺。臨別，我求她允許我當天再去看她，她也同意；過後我果真去看她了。自此，儘管日月星辰依舊悄悄地沿著它們的軌道在奔波，我卻再也分不清白天和黑夜，整個世界全讓我給拋到了腦後。

# 六月二十一日

我過著極其幸福的日子，上帝能留給他那些聖徒們過的日子想來也不過如此而已。不管我將來的遭遇如何，反正我總不能再說，我沒有享受過歡樂，沒有享受過最純淨的生之樂趣。

你是了解瓦爾海姆的，威廉；我已完全在這兒定居下來，此地離綠蒂家只有半小時的路程，而在綠蒂的身邊我才充分感覺到自身的存在，品嘗到做為一個人所能享有的全部幸福。

過去，我也曾一次次地去瓦爾海姆散步，但何曾想到它竟然離天堂這麼近！我在做長距離漫遊的途中，時而從山頂上，時而從原野上，不是已無數次地越河眺望過如今卻已珍藏著我的全部希望的獵莊哩！

親愛的威廉，對於人們心中想要自我發展，想要發現新鮮事物，想要四處走走、見見世面的欲望，我曾經考慮得很多很多；同時，對於他們的接受善意的約束，循規蹈矩，對周圍任何事情都不聞不問的本能，我也做了種種思索。

奇怪的是，當我來到這兒，從小山丘上眺望那道美麗的峽谷時，那周圍的景物竟是如此地吸引著我——那兒有一座小樹林！你要是能到林蔭中去小憩片刻那該有多好——那兒有一座高高的山峰！你要是能從峰頂俯瞰遼闊的原野那該有多好——那兒還有連綿的山丘，幽靜的溝壑，你要是能徜徉其中，流連忘返又該有多好！

我匆匆趕到那兒去，又匆匆返回來，卻不曾找到我所希望的東西。啊，我的摯友，對遠方的希冀猶如對未來的憧憬！它像一個巨大的、朦朧的整體，呈現在我們的靈魂面前，我們的感覺跟我們的視覺一樣，在它裡邊也變得迷茫模糊了；但我們仍然渴望著，唉！渴望著獻出自己的整個生命，渴望著讓那唯一偉大而崇高的感情來充溢自己的心——可是，當我們真的趕上了那目標，當遙遠的「那兒」成了眼下的「這兒」，一切都仍然是一如既往時——唉！我們就又發現自己依舊是平庸，依舊是淺陋；我們的靈魂依舊渴望那已經流走了的甘霖。

這樣，浪跡天涯的遊子到頭來又會回歸故土，並在自己的茅舍內，在妻子的懷抱裡，在兒女們的簇擁下，在為維持生計的忙忙碌碌的操勞中，找到他在廣袤的世界上不曾尋到的歡樂。

清晨，我隨日出去到我的瓦爾海姆，在那兒的菜園中採摘豌豆莢，採夠了便坐在地上剝著豆莢，邊剝邊讀我的荷馬。回到廚房，我又挑選一只鍋子，切下一塊黃油，把黃油跟豆莢一塊兒倒入鍋中，蓋好蓋兒，擱在爐子上燉，自個兒坐在一旁，不時地攪伴一下——這當兒，珀涅羅珀[14]那些放肆的求婚者們宰豬殺羊、剔骨烹肉的情景，便栩栩如生地浮現在我的腦際。感謝上帝，古代宗法社會特有的生活習俗竟如此自然地跟我的生活交融在一起，這比什麼都更令我心中充滿了寧靜和踏實的感覺。

我真是快活喲，我的心竟還能感受到一個人能將自己親手種的蔬菜端上飯桌來時那種純真的歡樂；此刻擺在你面前的，可不僅僅是平平常常的捲心菜啊，那栽插菜秧苗的美麗清晨，那灑水澆灌的可愛黃昏，所有那些每日看著它生長而滿懷喜悅的美好時光，統統都在這一瞬間，讓你再一次地享受到了。

⓮ 珀涅羅珀是荷馬史詩《奧德賽》中主人公俄底修斯的妻子，她美麗聰明，用計謀擺脫了無恥的追求者的糾纏，一直等到丈夫歸來。

# 六月二十九日

前天，一位本地的大夫從城裡來到法官家，正碰上我跟綠蒂的弟妹們一起蹲在地上玩耍。那些小孩有的在我身上爬來爬去，有的在跟我嬉鬧，我便捉住他們搔起癢來，樂得小傢伙們大笑大嚷。大夫是個木頭人似的老古板，一邊說話，一邊不住地整理袖口上的縐邊，扯扯衣襟。我從他這位先生的臉色上看得出來，他顯然認為像我這樣實在是有失一個聰明人的尊嚴。可我卻一點都不在意，任隨他大發他那所謂的明智議論去，自己仍繼續幫孩子們搭起被他們打垮了的紙牌房子。事後，他回到城裡卻四處訴說：「法官的孩子們本來就已是夠沒有教養的了，這樣一來更讓維特給徹底慣壞啦！」

是的，威廉，在這個世界上最跟我貼心的就是孩子們啊！每當我從旁觀察他們，從細小的事情中發現他們有朝一日所需要的種種品德和才能的萌芽，從他們今日的固執任性中看出將來樂觀豁達和輕鬆自如地應付人世間危難的本領，每當我發現這一切還絲毫未經敗壞，還是完整無損時，我便一次又一次地玩味人類導師⓯的這句金玉良言：「可嘆呀，你們不如他們中的任何一個人！」然而他們，我的摯友，這些我們的同類，這些本應被我們稱為楷模的人，我們對待他們卻像對待奴隸一樣，竟不允許他們有自己的意志——我們難道沒有自己的意志嗎？我們憑什麼該享受這種特權呢——是因為我們年長些，懂事些!?你天國裡仁慈的上帝啊，你僅僅把人類分成年長的孩子和年幼的孩子；至於你更喜歡哪一類孩子，你的聖子可老早已有了宣示的呀！然而人們儘管信奉他，卻不聽他的話——這也是老生常談了——因而都在依照自己的模式教育自己的孩子……

再見，威廉！我不想再就這個問題囉嗦了。

---

⑮ 指耶穌。

# 七月一日

綠蒂能給一個病人帶來的安慰，我自己這顆不幸的心靈已深有體會；它比起任何一個呻吟的病榻者來，經受著她的離去所帶來的更大的痛苦。綠蒂將要進城幾天去陪一位生病的夫人；據醫生講，這位賢慧的夫人已是生命垂危，她臨終前，渴望綠蒂能待在自己身邊。

上個禮拜，我曾陪綠蒂去聖××看望一位牧師；那是個小地方，要往山裡走一個小時，我們抵達的時候都快下午四點鐘了。綠蒂還帶著她的第二個妹妹同行。我們踏進院中長著兩株高大胡桃樹的牧師住宅，這當兒善良的老人正坐在房門口的一條長凳上，一見到綠蒂便抖擻起精神，吃力地站起身，匆忙迎上前來，連他那多瘢節的手杖也忘記使了。綠蒂趕緊跑過去，按他坐到凳子上，自己也挨著老人坐下，一次又一次地轉達父親對他的問候，還把他那暮年才添的寶貝么兒——一個骯髒淘氣的小男孩摟在懷中。

她如此地遷就老人，把自己的嗓門提得高高的，好讓他那半聾的耳朵能聽明白她的話；她告訴他，有些年紀輕輕、身強力壯的人不知怎麼一下就死了；她稱讚老人明年夏天要去卡爾斯巴德的決定，說洗溫泉對身體大有好處；她聲稱，他比上次見面時氣色好得多，精神健旺得多，如此等等。威廉，你要是能親眼目睹這一切該有多好呢！這期間，我也有禮貌地問候了牧師太太。老牧師真是興致勃勃，我只是忍不住誇了他那兩株枝葉扶疏、濃蔭宜人的胡桃樹幾句，他便打開了話匣子，儘管口齒不靈，卻滔滔不絕地講述這兩株樹的來歷。

「這株老樹到底是誰種的，」他說道，「我們已沒法弄清楚了；有人說是這個牧師種的，也有人說是那個牧師種的。可是，靠後邊那株小一點的，它恰好跟我的老伴同歲數，今年十月就滿五十嘍。她父親早上栽好樹苗兒，傍晚她就出世了。他是我的前任，那株樹對他真有說不出的珍貴，而對我就更不消說了。二十七年前，當時我還是個窮大學生，第一次踏進這座院子就看見我妻子坐在樹蔭下的柵木上，正在做著編織的事兒……」

綠蒂問起他的女兒，他回答說，她跟史密特先生一起到草地上看工人們幹活去了。說完，他又講起自己的故事來：他的前任及其閨女如何相中了他，他如何先成了老牧師的副手，後來又繼承了他的職位。故事不久便講完了，這當兒牧師的女兒正和那位史密特先生穿過花園走近來。姑娘親親熱熱地對綠蒂表示歡迎；我必須說，她給我的印象不壞，是個體格健美、朝氣勃勃的褐髮女郎，跟她一起住在鄉下大概是會快樂的。她的愛人呢（要知道，史密特先生立刻就表明了這個身分），是個文雅然而沉默寡言的人，儘管綠蒂一再跟他搭腔，他卻不屑跟我們交談。

最令我掃興的是，我還從他的表情中隱隱地時看出，他之所以不肯輕易開口，與其說是由於缺乏才智，倒不如說是由於性情執拗和乖僻。可惜後來這一點是再清楚不過了；當散步中弗莉德里克和綠蒂偶爾也跟我走在一起的時候，這位老兄那本來就已鐵青著的臉孔更明顯地陰沉下來，使綠蒂不得不扯扯我的衣袖，提醒我別對弗莉德里克太殷勤。我平生最討厭的事莫過於人與人之間的互相傾軋了，尤其是風華正茂的青年，他們本該享受歡樂，而卻常常板起臉孔，把僅有的幾天好時光也彼此給糟蹋掉了，等到日後省悟過來，卻已追悔莫及。

這個想法令我心裡很不痛快；因此傍晚時分，我們走進牧師的院子，坐在一張桌子旁喝牛奶，當話題轉到人間的歡樂和痛苦上來的時候，我就忍不住搶過話頭，狠狠地批評起「某些人」的乖僻來。

「我們人呵，」我開口道，「常常抱怨好日子如此少，壞日子如此多；依我看來，這種抱怨多半是沒有道理的。只要我們經常心境開朗，享受上帝每天賞賜給我們的幸福，那麼我們也就有足夠的力量忍受一旦到來的不幸了。」

「不過，我們也無力完全控制自己的感情呀，」牧師太太說，「肉體的影響太大了，一個人要是身體不舒服，他到哪兒也感到不對勁兒的！」

我承認她講得對，但繼續說：

「那我們就把性情乖僻也看成一種疾病，而且必須找出適合的藥物來。」

「這話不假，」綠蒂說，「我至少相信，我們的態度是很重要的。我有過切身的體會：每當什麼事情令我不愉快、令我心裡煩躁時，我便會跑到花園裡去，只要哼幾遍鄉村舞曲，立刻什麼煩惱也都沒有了。」

「這正是我想講的，」我接過話頭道，「乖僻跟惰性是一個樣，要知道它本來就是一種惰性啊！我們生來都是有惰性的，可是只要我們能有一次鼓起勇氣來克服了它，接下來便會順順當當，並在活動中獲得真正的愉快。」

弗莉德里克聽得入了神；而那位年輕人卻反駁我說——人無法掌握自己，更甭提控制自己的感情了。

「這裡說的是令人不快的感情，」我回敬他，「這種感情可是人人都樂於擺脫的哩；更何況在不曾嘗試之前，誰也不清楚自己的力量有多大。可不是嗎，誰生了病都會四處求醫，再多的禁忌、再苦的湯藥，他都不會拒絕，為的是求得所盼望的健康。」——我發覺誠實的老人也豎起耳朵，極力在聽我們談話，便提高嗓門，轉過臉去朝著他又往下講——「教士們在佈道時譴責過那麼多種罪過，」我說，「我卻從來不曾聽到有誰從祭壇上譴責過壞脾氣⑯。」

「這事得由城裡的牧師去做，」老人說，「鄉下人沒有壞脾氣。當然，偶爾在這兒講講也無妨，例如，對我的妻子和這位法官先生都是有好處的。」

這話讓在場的人全都笑了，他自己也笑得咳起嗽來，使談話被中斷了好一陣。

後來，年輕人又開口了：

「您稱乖僻為罪過，我想未免太過分了吧！」

「一點也不過分，」我回答，「它既然是害己又損人，就該稱作罪過。難道我們不能使彼此幸福還不夠，還非得相互奪去各人心中偶爾產生的一點點快樂不可嗎？請您告訴我有哪一個人，他性子很壞，同時卻有本領藏而不露，僅僅自苦，而不破壞周圍人們的快樂呢！而且往往如此：這壞脾氣正好是來自我們對自己卑微的懊喪，來自我們對自己的不滿，而且其中還摻雜著某種由愚蠢的虛榮刺激起來的嫉妒。您要知道看見一些幸福的人而這些人的幸福又不仰賴於我們，是夠難受的啊！」

---

⓰ 關於這個題目，我們聽拉瓦特爾⓱神父做過一次出色的佈道，他在佈道的途中也順便還談到了《約拿書》⓲（作者注）。

⓱ 拉瓦特爾：瑞士神學家和哲學家，歌德的好友。作者注指的是他想題名為《克服不滿和乖僻之方法》的佈道文。

⓲《約拿書》是指基督教聖經《舊約》的一部分。

見我們爭得這麼激動，綠蒂朝著我微微一笑，可弗莉德里克眼裡卻噙著淚水，使我講得更來勁兒了：

「有那麼一種人利用自己對另一顆心的控制力，便去破壞人家心裡自行產生的單純的快樂，這種人真是可恨。要知道世間任何的禮物、任何的關懷，都彌補不了我們頃刻間失去的快樂，彌補不了被我們的折磨者的嫉妒所破壞了的快樂喲！」

說到此，我的心一下子整個充滿了感慨，往事一樁樁地掠過腦際，不禁熱淚盈眶，禁不住高呼起來：

「我們應該每天都對自己講：你只能對朋友做一件事，即讓他們獲得快樂，使他們更加幸福，並同他們一道分享這種幸福。當他們的靈魂受到憂愁折磨，為苦悶所擾亂的時候，你能給他們以點滴的慰藉嗎？

「末了，當最最可怕的疾病向那個被你葬送了青春年華的姑娘襲來，她奄奄一息地躺在病榻上，目光茫然地仰望蒼空，冷汗一顆顆地滲出額頭，這時候，你就會像個受詛咒的罪人似的站立在她的病榻跟前，無能為力，一籌莫展，心中感到深深的恐懼和內疚，恨不得獻出自己的一切，以便給這個垂危的生命一點點力量、一星星勇氣……」

說著說著，我親身經歷過的一個類似的情景便闖入我的記憶，令我心情沉重。我掏出手帕來捂住眼睛，離開了眾人，直到綠蒂來喚我：「咱們走吧！」我才恍如大夢初醒。

歸途中，她責怪我遇事太愛感情用事了，說是照此下去我會給毀了的，要我自己珍惜自己！——我的天使啊，為了妳的緣故，我會珍惜自己的！

# 七月六日

她仍然待在自己病危的女友身邊，始終如一地服侍她，又溫柔又體貼，單單讓她看上一眼，病人就會減少痛苦，變得幸福。昨天傍晚，她領著瑪莉安娜和瑪爾馨出外散步，我聽說後趕去追上了她。在一塊兒蹓躂了一個半小時，我們才轉身往城裡走，並且曾停留在那股對我十分珍貴的清泉邊。如今，它對我說來又增添了一千倍的價值。綠蒂在圍牆上坐下來，我們站在她跟前。我環顧四周，啊，我的心中十分孤寂的那段時間的情景又重現在我的眼前。「親愛的清泉呀，」我說，「我好久沒來你這兒乘涼啦，有時匆匆走過你的身旁，竟連看都不曾看你一眼！」我往台階下望去，卻見瑪爾馨小心翼翼地端著一杯泉水爬上來——我凝視著綠蒂，心中感覺到了她對於我的全部價值。這當兒瑪爾馨端著水走近了，瑪莉安娜伸出手去想接。

「不！不！」小姑娘嚷起來，又親切地說道，「綠蒂姊姊，妳得先喝！」

她說得如此天真、可愛，令我大為激動，一時不知如何表達自己的感情，竟從地上抱起小姑娘來使勁地親了幾下，她馬上就又哭又鬧起來。「瞧您闖禍囉！」綠蒂說。

我真不知如何是好。「過來，瑪爾馨，」她拉住小妹妹的手，領她走下台階，繼續說，「快，快！快用清亮水洗一洗。這樣就沒事啦！」

我卻站在一旁，看著小姑娘急急忙忙地捧起水來擦洗自己的臉蛋兒，一副深信不疑的神氣，以為真的只有用這神奇的泉水一洗，臉上才不會長出丟人而醜陋的鬍鬚⓳。儘管綠蒂說洗夠了，但小姑娘仍然一個勁地洗呀洗呀，彷彿多洗總比少洗保險些——告訴你，威廉，我還從未懷著更深的虔敬參加過這樣的洗禮哩。當綠蒂上來以後，我真恨不得撲到她的腳邊，就像跪在某個用神力解除了一個民族的孽債的先知的面前一個樣。

晚上，我心裡太高興了，便忍不住把這件事講給一位我認為還算通情達理的人聽，因為他人挺聰明的；豈料到卻碰了一鼻子灰！他說，綠蒂的做法很欠妥，對小孩子可不能弄什麼玄虛；這樣一搞會滋長種種錯覺和迷信，而孩子卻必須從小就不讓他們受這類壞影響才是。——聽了他的話我才想起，此人是一個禮拜前接受洗禮的，因此也就不再說什麼了，只是在心中仍堅信這個真理：我們對待孩子們，也該像上帝對待我們一樣；上帝讓我們沉醉在愉快的幻覺之中，因而也就給了我們最大的幸福。

---

⓳當時西方一種迷信，認為處女被青年男子吻了，嘴上便會長出鬍鬚。

# 七月八日

我真是個孩子啊！我竟如此地看重那心愛人兒的一瞥！我真是個十足的孩子！

我們去瓦爾海姆郊遊。姑娘們是乘車去的。後來在一塊兒散步時，我總覺得在綠蒂烏黑的眸子中帶著些……我是個傻瓜，原諒我吧！你真應該瞧瞧它們，瞧瞧她這雙眼睛——我要寫得簡單點，我睏得眼皮都快合攏了。喏，一句話，姑娘們上了車，而我們——青年W・塞爾斯塔特以及奧德蘭和我，卻圍著馬車站立在那裡。這時，她們便從車簾中探出頭來，跟送別的人閒聊，小伙子們自然一個個都是挺快活的。我極力捕捉綠蒂的目光；唉，它們卻望望這個，又瞅瞅那個！而我，恭恭敬敬地站在一旁的我，它們卻沒有看見！我把整個身心全貫注於你們，你們幹嘛還逃避我喲——我的心對她道了千百次再見，可她卻連瞅也不瞅我一眼！馬車開過去了，我眼中噙著淚水。我目送著她，突然間在車門旁看見了她的帽子，啊，她轉過頭來了！唉，是在看我嗎？

摯友啊，我的心至今仍七上八下，懷著這個懷問。唯一的安慰是，她回過頭來也許是看我吧！也許……晚安！啊，我真是個傻孩子！

# 七月十日

每當在聚會中聽見人家談起她，我便會變得傻痴痴的，那模樣你真該看一看呢！特別是有誰問我「喜不喜歡她」的時候……「喜歡！」這樣的一個詞兒我簡直恨透了。一個人要不是全部知覺、全部感情都痴迷於她，而僅僅是喜歡她，這還算是個什麼人呢？哼，「喜歡！」最近就又有人問過我「喜不喜歡奧西恩[20]！」

[20] 奧西恩相傳為蘇格蘭古代歌者。一七六二至一七六三年間，蘇格蘭詩人麥克菲生發表了兩組假稱是「奧西恩之歌」的「英譯」，一時風行於世。歌德也一度被迷惑，並譯過「奧西恩之歌」。

# 七月十一日

M夫人已危在旦夕。我為她的生命祈禱；因為綠蒂心裡難過，我也一樣難過。我偶爾在一位友人處見得著綠蒂；今天她給我講了一樁很奇特的事情——

M老頭是個刮皮到了家的吝嗇鬼，一輩子把自己的老婆折磨和克扣得夠嗆，可她都有辦法對付過來。幾天前，醫生斷定她活不長了，她便讓人找來她的丈夫（綠蒂也在房裡），對他講：

「我必須向你交待一件事，不然我死之後家裡要出亂子和麻煩的。我操持家務至今，凡事都儘量做到周密妥帖，能節省。可是，你要原諒我，我這三十年一直瞞著你。我們剛結婚時，你規定了一個小小的數目，做為伙食和其他家用。但到後來，家大業大，花銷多了，你卻死也不肯相應增加每週的開支。一句話，你自己也明白，在那些開支很大的時期，你仍要求我每週只支用七個古爾盾。我接下這點錢總沒有吭聲，不足部分就只好去櫃上拿，因為誰想得到，身為太太還會做小偷呢！我從不亂花錢，即使不向你招認這件事，也儘可以心安理得地閉上眼睛的；可是在我之後來接管這份家務的那個女人，她可就束手無策了呵！而你到時候卻會一口咬定，你的前妻都是這麼撐過來的。」

我和綠蒂談到人們的裝聾作啞的本事，真是到了難以置信的程度：明明看見花銷增大了一倍，卻仍然只給七個古爾盾而心安理得，全然不去想這後面必定另有隱情。此外，我自己還認識一些人，他們總以為在自己的家裡隨時都供著盞先知的「長明燈」呢！

# 七月十三日

不，我不是自欺欺人！我在她那烏黑的眼睛裡，的的確確看到了對我和我的命運的同情。是的，這是我心中的感覺；然而，在這一點上，我信得過我的心靈……我感覺：她……（啊，我可以，我能夠用這句話來表達自己至高無上的幸福嗎？）……她愛上我了！

她愛上我了！這使我變得多麼可貴了啊，我是多麼……（這話我可以告訴你，因為你能夠理解這種感情）……多麼崇拜自己了啊，自從她愛上了我……

也不知道這是自己的想入非非，還是對情況的真實感覺？我不了解那個令我為自己在綠蒂心中的地位而擔心的人。可是，儘管如此，每當她談起自己的未婚夫來，談得那麼溫情，那麼親切時，我就頹唐得如同一個被剝奪了全部榮譽和頭銜的軍人，連手中自己的寶劍也被收繳走了。

# 七月十六日

每當我們倆的指尖兒無意間碰在一起，每當我們倆的腳在桌子底下相遇時，啊，我的血液便立即沸騰起來！我避之唯恐不及，就像碰著了火似的。可是，一種神秘的力量又迫使我伸過去……我真是心醉神迷了！

可她卻是那麼天真無邪，心懷坦蕩，全然感覺不到這些細小的親密舉動帶給我多少痛苦！尤其當她在談心時偶爾把自己的手擱在我的手上，談得高興時更把身上湊近我，使我的嘴唇感覺到了她口裡送來的芳香，此時此刻，我真像是讓閃電給擊中了，身子直往下沉，腳下輕飄飄地完全失去了依托……

威廉啊，要是我膽大妄為，利用這天使的信賴，膽敢去……你理解我指的是什麼。不，我的心還沒有這麼壞！它只是軟弱，很軟弱罷了！但是，這樣想不就是有點壞了嗎？

她在我眼裡是神聖的。在她面前一切慾念都應銷聲匿跡。每當我待在她身邊的時候，我總是很不自在，彷彿所有的神經和官能都錯亂顛倒了。有一支曲子，她常常在鋼琴上彈奏，彈得如天使一般動人，這支曲子很單純，卻十分超凡脫俗！這是她極心愛的曲子；每次只要她彈出第一個音符，我的一切痛苦、憂慮和煩悶便烟消雲散。

這支單純的曲子真把我迷住了，任何關於音樂魅力的傳說我都堅信不移了。而且，每每在我巴不得用子彈射穿自己腦袋的時候，她都及時地彈起這支曲子來，我心中的一切憂鬱和悲傷頓時消散，我又重新自如地呼吸了。

# 七月十八日

威廉，你想想世上要是沒有愛情，這個世界在我們心中還有什麼意義！這就會如同一盞沒有亮光的走馬燈！可是一旦放進亮光，白壁上便會映出五彩繽紛的圖像來。儘管這都是些稍縱即逝的影子，但只要我們能像孩子那樣為這種奇妙的景象所陶醉，它也就足以構成咱們的幸福啊！今天我不能去看綠蒂，有一個免不掉的聚會拖住了我。怎麼辦？我派了我的傭人前去，這僅僅是為了我能見到一個今天接近過她的人。唉，我多麼焦急地等著他回來，一見到他我就有說不出的高興！要不是害臊，我一定會捧住他的腦袋親一親！人們常講博羅那電光石的故事，說它放在太陽底下便會吸收陽光，到了夜裡仍舊有一段時間是亮晃晃的。這小伙子對於我也就如同這電光石一般。我感到，她的目光曾在他臉上、面頰上、上衣鈕釦和外套的縐領上都停留過，因之這一切對於我便變得十分神聖、十分珍貴了！這一下，就算有人給一千銀塔勒，我也不肯把這小伙子讓出去。有他在跟前，我心裡便樂孜孜的——上帝保佑，你可別笑我啊！威廉，難道能令我心中舒暢的東西，還會是幻影嗎？

# 七月十九日

「我今天就要見到她啦！」

我一早醒來，望著東升的旭日，興高采烈地喊道——

「我今天就要見到她啦！」

除此之外，我別無所求，一切的一切全都融匯在這個期待中了。

# 七月二十日

你勸我跟公使到X地去的想法，恕我不能苟同。我不大喜歡聽人差遣，加之此公又是位眾所周知的討厭人物。你在信裡說，我母親希望看到我有所作為。我不禁好笑。難道我眼下不也是在做事嗎？歸根到底，不管我是摘豌豆、還是摘扁豆，不也是一樣嗎？世界上的一切事情，說穿了全都是自欺欺人。

一個人要是沒有熱情，沒有需求，僅僅是為了他人的緣故而去追名逐利，苦苦折騰——這個人便是傻瓜。

# 七月二十四日

承蒙你如此關懷，叫我別把畫畫給荒廢了，我倒寧願壓根兒不提此事，免得向你招認我近來很少畫畫了。

我卻從來還不曾如此幸福過；我對大自然，哪怕是一塊石頭，一棵小草，也從來不曾有過這麼深刻和這麼親切的感受。可是……（我不知如何表達自己的意思才好）……我的想像力卻這麼貧乏，一切在我心裡都游移不定，搖搖晃晃，我簡直抓不住任何輪廓。不過，我仍然認為要是手頭上有黏土或者蠟泥，我定會塑造出點什麼來了的。要是這種心境保持得久一點，我也會取黏土來捏，即便捏出些餅子也好。

綠蒂的肖像我已畫過三次，三次都出糗了。這事令我極為懊惱，尤其因為我前些時候畫得非常得心應手。後來我就描了一張她的側影像聊以自慰。

## 七月二十五日

好吧，親愛的綠蒂！

我將一切照辦無誤，妳儘管吩咐吧，多多益善！

可有一件事，我得求求妳，以後千萬別再往寫給我的信箋上撒沙子㉑。

今天我一接到它，就送往嘴上去親吻，結果弄得牙齒嚼起來嘎吱嘎吱直響。

㉑往信箋上撒沙子是為了使墨跡快些乾。

# 七月二十六日

我已經下過好幾次決心，不要經常去看她。是啊，可誰又能做得到呢！日復一日，我都屈服於誘惑，同時又對自己許下神聖的諾言：明天說什麼也不去啦！

可明天一到，我總又找得出一條無法辯駁的理由，眼一眨又到了她身邊。這理由要嘛是她昨晚講過：「你明天還來，對嗎？」——而誰又能不來呢——要嘛是她托我辦件事，我覺得理應親自去給她回個話；要嘛是天氣實在美得誘人，我便到瓦爾海姆去，而一到了瓦爾海姆，離她就只有半小時的路程了——周圍的氣氛更使我感覺她已近在咫尺，於是一抬腿，便到了她跟前！

記得我祖母曾講過一個磁石山的故事，說是在海上有一座磁石山，一日船駛得太靠近了，所有鐵器如釘子什麼的便一下子被吸出來，飛到山上去；倒楣的船夫也就從分崩離析的船板中掉入海裡，慘遭沒頂之災。

# 七月三十日

阿爾伯特已經回來，而我得走了。儘管他是一位十分善良、十分高尚的人，儘管我在任何方面都隨時隨地對他甘拜下風，可是眼睜睜看著他佔有那麼完美的人兒，我仍然是受不了的！是佔有啊！總而言之，威廉，她的未婚夫回來啦！他倒是個令你不能不產生好感的能幹而和藹的男子。幸好她迎接他時我不在場，不然我準會心碎的！阿爾伯特也真夠正派，當著我的面從來沒有吻過綠蒂。上帝報答他吧！為了他對姑娘的尊重，我不能不愛他。他對我也很友善，我猜想這多半出自綠蒂的影響，而不是出自他的本意。要曉得女士們都精於此道，而且也自有她們的道理；只要她們有本事讓兩個崇拜者和睦相處，那麼好處終歸是她們的，儘管要做到絕非容易。

話雖如此，我仍不能對阿爾伯特懷著敬意。他那冷靜的外表，與我那無法掩飾的不安個性形成鮮明的對照。他感覺敏銳，深知綠蒂非常愛他。看起來他沒有什麼壞脾氣；而你知道，我是最痛恨人們的惡劣脾氣的。

他認為我是個有頭腦的人；我對綠蒂的愛慕，對她的一言一行的讚美，都只會增加他的得意，使他反倒更加愛她。他是否偶爾也對她發發醋勁兒，我暫且不問；至少我若是他，就難保完全不受嫉妒這個魔鬼的誘惑。

不管怎麼說，我在綠蒂身邊的快樂反正是告吹啦！我不知該稱這為愚蠢呢，還是頭腦發昏？名份又有何用，事實就事實！我現在知道的一切，在阿爾伯特回來之前我就知道了。我知道，我沒有權利要求綠蒂什麼，也不曾要求過什麼。這就是說，儘管她那麼迷人，我也竭力使自己不產生慾望。而如今另一個人真的到來，奪走了姑娘，我卻傻了眼。

我咬緊牙關，兩倍三倍地更加鄙視某些可能說我該自行退出的人；他們會講，別無他法了嘛——讓這些廢物見鬼去吧——我總是成天在林子裡亂跑一氣。等我去到綠蒂那兒，發現阿爾伯特跟她一起坐在園子裡的涼亭中，我就忍受不住，變得傻呼呼的，做起許許多多荒謬的事情來。

「看在上帝份上，」綠蒂今天就對我說過，「我求您行行好，別再像昨兒傍晚似地做戲行不行！您那發狂的樣子真嚇人。」

給你說句知心話，只要我一瞅見阿爾伯特不在，就會倏地一下就跑了過去。每當發現只有她一個人時，我總是感到異常興高采烈。

# 八月八日

我請你原諒，親愛的威廉！我把那些要求我們服從無法抗拒的命運的人罵作廢物時，的的確確並非指你。我實在沒有想過，你也會有類似的想法。當然，實際上你是對的。不過，我的摯友，我只想提出一點：世界上的事情很少能用「非此即彼」的辦法來評斷。人的感情和行為千姿百態，變幻無窮，正如在鷹鈎鼻子與蹋鼻子之間，尚有千差萬別的鼻子一樣。

因此，如果我承認你的整個論點，卻又企圖從「非此即彼」的困境中尋覓我的脫身之路，那你不會見怪吧！

你說，「要嘛你有希望得到綠蒂，要嘛你就別再作指望。好啦，如果是第一種情況，你就必須始終不渝，竭力滿足自己的願望；否則，你就得振作起來，擺脫那該死的感情，要不然它一定會把你的全部精力都耗盡。」——我的摯友，你說得倒動聽！說得倒輕巧！但只是說說而已……

而對於一個遭受著慢性病摧殘、一步一步走向死亡的人，難道你能要求他拿起刀來，一下子結束自己的痛苦嗎？病魔在耗盡他精力的同時，不也摧毀了他自我解脫的勇氣嗎？

當然，你滿可以用下面這個貼切的比喻來反駁我：誰都寧願犧牲自己的一條胳膊，卻不願由於猶豫不決而冒丟掉生命的危險呢！

得啦！別再用這些比喻來傷彼此的腦筋吧！這就足夠了。

是的，威廉，偶爾在一瞬間我也有過振作起來、擺脫這一切的勇氣，然而……只要我能知道往哪兒去，我是能離開這兒的。

## 傍晚

我的日記給我擱在一旁已有好些日子了，今天我又無意間翻了開來。我很驚異，自己竟是這樣睜著眼睛一步一步地陷入了目前的尷尬境地！我對自己的處境一直看得清清楚楚，可就是行動上卻像個小孩子似的；現在我仍然看得十分清楚，可就是沒有絲毫悔改之意。

# 八月十日

我若不是個傻瓜，本可以過上最幸福、最美滿的生活。像我目前所處的這樣的一個令人心曠神怡的環境，真是很難得的。是啊，常言說得好；人之幸福全繫乎其心靈。我已成了這個和睦家庭中的一員，老人愛我如兒子，孩子們愛我如父親，而且還有綠蒂……

就說誠懇的阿爾伯特吧，他也不喋喋不休地讓我的幸福蒙上陰影，而是極其親切友善地迎接我；除了綠蒂，我就是他在世界上最親愛的人了——威廉，你聽聽我們倆散步時是怎樣談綠蒂的吧，這會叫你愉快的。世上，恐怕再找不出比我們這種關係更可笑的了；然而我卻常常為之感動得熱淚盈眶呢！

阿爾伯特曾對我講起綠蒂可敬的母親，說她臨終前如何把自己的家和孩子們托付給了綠蒂，又如何叮囑他對綠蒂加以關照；還說自那以後，綠蒂如何完全變成了另一個人，兢兢業業地操持家務，對弟妹們關懷備至，無時無刻不在為他們操勞，儼然成了一位十足的母親；但儘管如此，卻又從不改活潑愉快的天性。

我和阿爾伯特並肩走著，不時地彎下腰去採摘路旁的鮮花，用它們精心紮成一個花束，然後……我把花束拋進了從面前流過的溪水中，目送著它緩緩地漂走……

我記不清有沒有告訴過你，阿爾伯特將留在此間，他已從宮廷中謀到了一份待遇優厚的差事，宮廷中的人都很器重他。像他這樣辦事細心勤快的人，我實在見得不多。

# 八月十二日

誠然，阿爾伯特是天底下最好的人。昨天，在我們之間發生了一樁不尋常的事。我去向他告別，因為我突然心血來潮，想騎馬到山裡去——而目前我便是從山裡給你寫信的。於是，當我在他房中來回踱步時，目光偶然落在他的手槍上。

「把手槍借給我在旅途上用用吧！」我說。

「好吧，」他回答，「要是你不怕麻煩肯自己裝（彈）藥的話。它們掛在那兒，只是擺擺樣子罷了。」

我從牆上摘下了那支槍，他這時又說道：

「自從由於粗心大意出過一回岔子以後，我就再也不擺弄這玩藝兒了。」

我正頗感好奇，急想知道是怎麼一回事，他就又說下去：

「大約三個月以前吧，我住在鄉下一位朋友家裡，隨身帶著兩支小手槍，儘管沒有裝藥，晚上我倒也睡得安安穩穩的。在一個下雨的午後，我坐著無事可幹，不知怎麼搞的竟然想到我們房子有可能遭到壞人襲擊，我們可能用得著手槍……總之，一個人無所事事時常會想入非非，這事兒你是知道的。我於是把槍交給一名下人，叫他拿去擦拭和裝藥。這小子卻拿去跟使女們鬧著玩兒，嚇唬她們，卻不知扳機怎麼一弄就滑了，而通條又還在槍膛裡，結果一下子飛了出來，射中了一名使女的右手，把她的大拇指戳得稀爛。這一來我不僅要飽受責難，而且還得賠償醫藥費，從此我所有的槍都不再裝藥了。我的摯友，小心謹慎又有什麼用？危險是防不勝防啊！雖然……」

你知道，我喜歡這個人，除了他的「雖然」之外。不消說，任何常理都不免有例外，可他卻太四平八穩了！一旦覺得自己的立論輕率、站不住腳或太一般化了，他就會一個勁兒地進行修正、限定、補充和刪除，弄得到頭來等於什麼也沒有說。眼下阿爾伯特正是越講話越長，末了我根本沒有再去聽他講些什麼，而是開玩笑地猛一下把手槍口對準自己右眼上方的太陽穴。

「呸！」阿爾伯特叫起來，奪下我手中的槍，「你這是幹嘛呀？」

「沒裝藥哩！」我回答。

「就算沒裝藥也不該這般胡鬧！」他不耐煩地說，「我真不能想像，一個人怎麼會愚蠢到去自殺，單單這樣想都會令我反感。」

「你們這類人哪，」我提高嗓門道，「不論談什麼事，在你們的腦子裡結論都現成的：這是愚蠢的！這是明智的！這是好的！這是壞的！而這樣做又有什麼意義呢？你們能這樣做，就不會匆匆忙忙地下斷語了。」

「可你得承認，」阿爾伯特說，「某些行為如何都是罪過，不管它出於什麼動機。」

我聳了聳肩，姑且承認他有道理。

「可是，親愛的，」我又說，「這兒也有一些例外。不錯，偷盜是一種罪行；然而，一個人為了不讓自己和自己的親人眼睜睜地餓死而去偷盜，試問這個人是值得同情呢，還是該受懲罰呢？一位丈夫出於義憤而殺死了不貞的妻子和卑鄙的姦夫，誰還會撿起石頭來砸他呢㉒？還有，那個在幽會的歡樂中一時控制不住自己而失身的姑娘，誰又會譴責她呢？我們的法學家們都是些冷血的老古板，可就連他們此時也會軟下心腸，因而免予懲罰的。」

「這完全是另一碼事，」阿爾伯特反駁說，「因為一個受激情左右而失掉了思考力的人，人家只當他是個醉漢，是個瘋子罷了。」

「嘿，你們這班明智的人啊！」我微笑著嚷道，「激情！爛醉！瘋狂！你們如此冷眼旁觀，

---

㉒ 古代中東（伊斯蘭）有以石頭投擲淫婦的習俗，但在這裡指「譴責」之意。

㉓ 祭師指見死不救的假善人，典出《新約・路加福音》第十章。

無動於衷，你們真是些好樣的道學先生啊！你們嘲罵酒徒，厭惡瘋子，像那個祭師㉓一般從他們身邊走過，像那個法利賽人㉔似地感謝上帝，感謝他不曾把你們造成一名酒徒，一個瘋子。可我呢，卻不只一次爛醉過，我的激情從來都是離瘋狂不遠的；但對這兩點我都不感到後悔，因為我憑自己的經驗認識到：一切傑出的人，一切能完成偉大的、看似不可能的事業的人，他們從來總是被世人罵成酒鬼和瘋子的。

「甚至在日常生活中也是一樣，只是誰的言行自由一些，清高一些，超乎一般人的想像，你就會聽見有人在他的背後嚷道：『這傢伙喝多了！這傢伙是個傻瓜！』這可叫人受不了。這樣做真可恥，你們這班清醒的人！真可恥，你們這班智者！」

「瞧，你的古怪念頭又來了，」阿爾伯特說，「你這人總是愛偏激，這回竟把我們談的自殺拿來跟偉大的功績相比，你肯定是錯了；因為自殺怎麼講也只能被看作軟弱。跟堅定地忍受充滿痛苦的人生相比，死顯然要輕鬆得多嘍。」

我真想中斷這種談話；要知道我講的都是肺腑之言，而他卻用陳詞濫調來反駁我，你說氣人不氣人！可是，他這種話我也聽得多了，生氣也生氣夠了，所以仍抑制自己，興致勃勃地反問：

㉔法利賽人指偽君子，典出《新約．路加福音》第十八章。

「你稱自殺為軟弱嗎？可我請你別讓表面現象迷惑了啊！一個在暴君殘酷壓迫下呻吟的民族，他們終於奮起掙斷枷鎖，能說是軟弱嗎？一個人面臨自己的家被大火吞沒的危險，而鼓起勁來扛走他在冷靜時根本搬不動的重物；一個人在受辱後的狂怒中，竟跟六個人交起手來，並把對方打得落花流水，這樣的人能稱為軟弱嗎？還有，好朋友，既然奮發可以成為剛強，幹嘛過度奮發倒成了它的反面了呢？」

阿爾伯特凝視著我，說道：

「你別見怪，你舉的這些個例子，在我看來壓根兒是文不對題。」

「可能是吧，」我說，「人家也曾常常責備我，說我的聯想和推理方式近乎古怪。好，那就讓我們看能不能另一種方式，設想一個決意拋棄人生擔子的人（這個擔子在通常情況下應該是愉快的），他的心情會是怎麼樣吧！要知道只有我們有了同樣的感受，我們才具備資格談一件事情。」

「人生來都有其局限性，」我繼續說，「他們只能在一定的限度內經受喜、怒、哀、樂；一超過這個限度，他們就完蛋啦！這兒的問題不在於他們是剛強或者軟弱；而是在於他們能否忍受痛苦超過一定的限度。儘管痛苦也可能有精神上的痛苦和肉體上的痛苦之別。因此，在我看來，稱自殺者為懦夫是沒有道理的，正好像稱一個死於寒熱病的人為膽小鬼一樣。」

「謬論，十足的謬論！」阿爾伯特嚷起來。

「才不像你想的那麼荒謬哩，」我回答說，「你得承認，如果人體機能受到損害，它的一部分力量被消耗，一部分失去了作用，再也無法補救，無論用什麼適當的激發手段都無法再恢復生命的正常活動，這種情況就叫做『絕症』。

「喏，親愛的，讓我們把這種推理用到精神方面，來瞧一瞧被局促在狹隘的內心世界裡的一個人吧：四周環境對他的影響，一些固定的想法在他的腦子裡根深蒂固，到最後一股日積月累的狂暴激情奪去了他冷靜的思考力，以至於毀了他。

「一位清醒、明智的人對這個不幸者的處境可能很了解，他也可能去勸他，但都沒有用。這正如一個站在病榻前的健康人，他絲毫不能把自己的生命力輸入病人的體內一樣。」

阿爾伯特覺得這種說法太空泛了。

我便讓他想想前不久從水塘中撈起來的那個淹死了的少女，又對他講了一遍她的故事——

「一個年輕可愛的姑娘，生長在家庭狹小的圈子裡，一禮拜接一禮拜地做著同樣的家務，唯一的樂趣就是禮拜天用漸漸湊齊的一套衣服穿戴打扮起來，跟女伴們一塊兒到城裡去蹓躂蹓躂，逢年過節也許還跳跳舞，要不然就跟某個鄰居聊聊閒話，諸如誰跟誰為什麼吵架啦，誰為什麼又講誰的壞話啦，如此等等，常常談得興致勃勃，一談就是好幾個鐘頭。可是後來，埋藏在她火熱心靈中的渴望終於甦醒了，而一經男子們來獻殷勤，這個渴望便更加熱烈。從前的樂事已漸漸使她興趣索然；她到底碰著了一個人，體會到了一種從未經歷過的感情，她被他深深吸引住，無法抗拒，她把自己的全部希望都寄托在他身上，忘記自己周圍的一切，除了他，除了這唯一的一個人，她什麼也聽不見，什麼也看不見，什麼也感覺不到，她心裡只有他，只有這唯一的一個人。她不為朝三暮四地賣弄風情的虛假歡樂所迷惑，而是一心一意追求自己的目標，執意要成為他的人，在跟他永結同心之中求得自己所缺少的幸福，享受自己所渴望的全部歡樂。反覆的許諾令她深信所有希望一定會實現，大膽的愛撫和親吻增大了她的慾望，逐步俘虜了她的心靈。她模模糊糊地意識到了全部的歡樂，預感到了全部的歡樂，身子於是飄飄然起來，心情緊張到了極點。終於，她伸出雙臂準備擁抱自己所渴望的一切——可她心愛的人卻拋棄了她！她頓時四肢麻木，神智昏迷，站立在深淵的邊緣上；她周圍是一片漆黑，沒有了希望，沒有了安慰，沒有了預感！要知道，他拋棄了她，那個唯一能使她感覺到自己存在的意義的人拋棄了她。她看不見眼前的廣袤世界，看不見那許許多多可以彌補她這個損失的人；她感到自己在世上變得孤孤單單，無依無靠。她已被內心的可怕痛苦逼得走投無路了，唯有閉起眼睛來往下一跳，便在死神的懷抱裡了結掉所有的痛苦——你瞧，阿爾伯特，這就是不少人的遭遇！你倒說說看，這跟疾病有什麼區別？在這各種力量自相矛盾的混亂的迷津中，連大自然都找不到出路，人就唯有一死。

「罪過啊，那種冷眼旁觀，並且稱她為傻瓜的人！這種人可能會講什麼：她應該等一等，讓時間來治好她的創傷，日子一久，絕望定會消失，定會有另一個男子會帶給她安慰——可是，這不正像有人說：『傻瓜，竟死於寒熱病！他應該等一等，一旦力量恢復，液體變淨㉕，血液循環平穩下來，一切都會好，他就能活到今天！』」

阿爾伯特仍然覺得這個例子沒有說服力，又提出幾點異議，其中一點就是：我所講的只是一個糊塗的女孩子；而他真弄不明白，一個眼光並不狹隘，又見多識廣、頭腦清楚的人，怎麼還能原諒她。

「我的朋友，」我嚷了起來，「人畢竟是人啊！一旦他激情澎湃，衝破了人類天性的約束時，他所可能有的一點點理智便很難起作用，或者說根本不起作用了。況且……以後再談吧！」我說著，一邊就抓起了自己的帽子。唉，當時我的心中真是充滿了感慨！我跟阿爾伯特分了手，但誰也沒能說服誰。在這個世界上，人跟人真難於相互理解啊！

---

㉕在近代醫學發達以前，歐洲人認為生病的原因是身體內的液體（即東洋醫學所稱的「體液」）變壞了。

# 八月十五日

毫無疑問，人生在世，愛情比任何東西更是缺少不得。我可以感覺到綠蒂並不願失去我；她的弟妹們的心中只有一個願望，那就是我天天還會到他們那兒去。今天下午，我去為綠蒂的鋼琴校音，但老動不了手，因為小傢伙們一個勁兒地纏著我，要我給他們講故事，而綠蒂也勸我滿足他們的願望。我伺候他們吃晚飯，他們接過我切的麵包，吃得很高興，就好像從綠蒂姊姊手中接過去的一樣。然後我給他們講了那個由一些小精靈侍候的公主的故事，這是他們最愛聽的。

在講的過程中，請你相信，我也學到了許多東西。我感到驚訝，這個故事竟然給他們留下了如此深刻的印象。因為每當我第二次再講時，我若是把某個細節忘記了，不得不臨時自行編湊，那他們立刻就嚷起來：上次講的可不是這樣啊！弄得我現在只好反覆練習，直至能一字不差地用同一種聲調講同一個有趣的故事為止。這件事還令我體會到——一位作家再版書時若把書中的情節改動，哪怕改得更富藝術韻味，也必然會有損作品原貌。我們總是容易受到最初印象的影響；人類生性如此，樂意相信最荒誕離奇的事；並且一旦銘記在心了，誰想抹去這個記憶，誰就自討苦吃！

# 八月十八日

難道世事總歸如此——凡是能讓人幸福的東西，同時也是他不幸的根源，並且就非得如此不可嗎？

我在心中對生機盎然的大自然曾經有過強烈而熾熱的感情，它曾令我歡欣雀躍，把我周圍的世界變成了一個天國；而如今，它卻殘忍地折磨著我，成了一個對我窮追不捨的惡魔。想當初，我曾從高崖上眺望河對岸那些小丘中間鮮花盛開的山谷，看見一切都是生機勃勃，欣欣向榮。

我也曾看見那些大山從山腳到峰巔都長滿高大茂密的樹木，迂迴曲折的幽谷都隱藏在令人心曠神怡的林蔭下，河水從颯颯作響的蘆葦叢中緩緩流過，隨輕柔的晚風冉冉飄過天空的美麗彩雲，倒影在平靜的河面上；接著，傳來了群鳥在林間發出晚噪，億萬隻小昆蟲在金黃的夕輝中翩翩起舞，落日的最後一瞥驚醒了在草叢中沉睡的甲蟲，於是它們便合唱起來；周圍嗡嗡地聲把我的注意力引向地面，看到苔蘚從堅硬的的岩石裡攝取養料，藤蘿在我腳下的乾燥沙丘上蔓生，它們向我揭示了大自然沸騰而神聖的生命奧秘。這一切充滿和照亮我的心靈，由於充分體會到上帝的存在，我感到自己也變得崇高了，茫茫宇宙中那些光榮的形象，也隨之浮現在我的心頭。

環抱著我的是巍峨的群山，腳下是些萬丈深淵，面前瀑布飛瀉而下，我身處高大群山的環抱之中，河流在我身邊流淌，從遠處傳來群山和林木的迴響。

我還看得見一些神秘莫測的力量在大地深處相互作用，相互影響；除此以外，在地面上，天空下，還有一代又一代繁衍著千姿百態的各種生物。

周圍一切地方都棲息著芸芸眾生，最後還有人，他們為求安全而擠成一堆堆地躲藏在小小的房子裡，卻自以為能主宰這大千世界上！可憐的傻瓜，因為你自己就很渺小，便把世間萬物也看得微不足道──從高不可攀的群山，越過毫無人跡的荒原，到世人所不知的大洋的盡頭，到處都有造物主的精神的存在，他並且為每一個能感知他的生命給予的微小生物而高興──唉，那時我是多麼經常地渴望著，渴望乘上從我頭頂飛過的仙鶴，去到一望無際的海洋的彼岸，從那泡沫翻騰的上帝的酒杯中，啜飲令人心醉神迷的生之歡悅的佳釀，竭盡自己腦中有限的力量，感受一下那位在自己體內和通過自己創造出天地萬物的造物主所賜予的幸福，哪怕只有一瞬間！

我的摯友，只消想起過去的那些時光，我心中便很快慰；甚至這種要回憶和重新講述那些無法形容感情的努力亦能淨化我的靈魂；但是它同時也使我對自己目前的處境倍感可怕。

彷彿有一張帷幕在我的眼前拉開了，永恒生活的前景變成了一座張開著大口的墓穴。唉，當一切都在消失，當時間以暴風雨般的速度帶走一切，而被洪流捲走的我們短暫的生存不是被浪濤吞沒，就是在礁石上撞得粉碎的時候，你還能說「這是永遠存在」嗎？沒有一個瞬間，它不是在吞噬著你和你周圍一切的生命；沒有一個瞬間，你本人不是一個破壞者，就算是個違背你本意的破壞者；一次傷害最小最小的漫步也會奪走千百個可憐小蟲子的生命；一舉足，你就會踏平螞蟻們苦心經營的巢穴，把一個小小的世界化為烏有。

嗨！使我痛苦的，不是世界上那些巨大但卻少見的災難，不是沖毀你們村莊的洪水，不是吞沒你們城市的地震；傷害我心靈的，是在大自然內部潛藏著的破壞力。大自然所造就的一切，無不在毀滅著其自身，無不在毀滅著與其相鄰的事物。想到此，我便憂心如焚。結果處在天和地以及它們創造生命的力量的包圍中，我懷著痛苦的心情沿著道路徘徊。於是在我看來，宇宙不過是一隻永遠不停地吞噬其子孫後代的可怕怪物。

# 八月二十一日

一早，我從令人睏倦不堪的夢中醒來，伸出雙臂去擁抱她，結果撲了一個空。夜裡，我做了一場夢，夢見我緊挨著她坐在草地上，握住她的手，千百次地在那上面親吻；可是，待我要在床上尋找她時，這幸福的好夢卻欺騙了我。

唉，我在半醒半睡的迷迷糊糊的狀態中，尚懷著她就在我的身邊的幸福感覺，伸出手去四處摸索，摸著摸著終於完全清醒了，滿腔的熱淚就從緊縮的心中湧出，我預感到了未來的不幸，便極傷心地痛哭。

# 八月二十二日

多不幸啊，威廉，我渾身充滿活力，可偏偏無所事事，閒得心煩：我不能遊手好閒下去，但我又沒有什麼事可幹。我不再有什麼創造性的想像力，對自然界的美景不再是那麼敏感，書籍也令我生厭。一旦我們變得自暴自棄，我們便也無所作為了。我向你發誓，我時常巴不得當一個臨時工，那樣清晨一醒來便對未來的一天有個目標，有個追求，有個希望。我總是羨慕阿爾伯特，看見他成天埋頭在公文堆中，心裡就想，要是我能像他該有多好！

由於受這種心情的驅使，我好幾次動了念頭，想給你和部長寫信，請他替我在公使館裡謀求個差事。照你的說法，我是不會遭到拒絕的。我對此事也是滿有把握的：部長多年來便對我抱有好感，早就極力主張我找個事情做做！只有一陣子我真要這麼辦。可是，後來再認真一想，我便想起了那則關於馬的寓言，說是它自由自在得不耐煩了，便請人給它裝好鞍子，套上轡繩，結果讓人騎著累得半死。這麼一想，我又不知如何是好了——我的摯友，萬一迫使我這麼急切地要求改變現狀和一個勁兒到處追逼我的不過是一種難以忍受的內心憂慮，那我可怎麼辦？

# 八月二十八日

毫無疑問，如果我的病還有希望治好的話，那就只有在他們這裡才能治好的。今天是我的生日，一大清早便收到了阿爾伯特差人送來的一個小包裹。一打開，首先映入眼簾的是一個粉紅色的蝴蝶結兒。這是我初見綠蒂時她曾佩帶在胸前，以後我還曾經多次請求她送給我的那種蝴蝶結啊！此外，包裹裡還有兩本十二開的小書，威特施坦袖珍版的《荷馬選集》，也是我渴望購買已久的本子，省得我在散步時老馱著埃爾涅斯特版的大部頭。

你瞧，他們總是不等我開口就猜著了我的心願，並儘快地向我做出千里鵝毛般的表示。對我說來，這些小小的禮品比起那種華麗的禮物來要珍貴一千倍，因為那些禮物在滿足贈予者的虛榮心的同時，也會貶低了我們的人格。我千百次地吻著這蝴蝶結，每吸一口氣，都吸到了對於幸福的回憶，那幸福在那些短暫的、一去不復返的快樂日子裡曾充溢著我的整個身心。

威廉啊，我們的命運就是這樣，我也沒有什麼好抱怨的：生命之花只是過眼煙雲而已！多少花朵凋零了，連一點痕跡也不曾留下！能結果的何其少，果實本身能成熟的就更少了！不過，儘管如此，世間仍存在足夠的果實；難道，我的兄長，難道我們能輕視這些已成熟的果實，對它們不聞不問，不去享受它們，任憑它們白白腐爛掉嗎？

再見！此間的夏季很美，我常常爬到綠蒂家果園裡的果樹上，手執摘果用的長桿，從樹梢頭鈎熟透了的梨子。她則站在樹下，接我給她鈎下的果實。

# 八月三十日

我是個多麼不幸的人！我幹嘛這般愚蠢？我幹嘛這般自欺欺人？這永不休止、毫無目的的狂熱激情又有何益？我唯有向她一個人禱告；我的腦海裡只有她一個人的倩影；世上的一切只有跟她聯繫在一起時才有存在的價值。這種夢幻般的心情也曾令我幸福了一些時候，可到頭來我仍感到不得不離開她！唉，威廉，我的心卻又時時刻刻把我引向她的身邊。

我時常兩個小時，三個小時地坐在她身邊，欣賞著她動人的容貌，輕盈的體態，雋永的言談話語，我的感情漸漸興奮到極點，直至眼前發黑，雙耳失靈，喉頭好像給誰死死地扼住了似的，心兒狂跳著，力求讓緊張的感情鬆弛一下，結果情況反而更糟。

威廉啊，在這樣的時刻，我有時意識不到，我是否還活在這個世界上！在這個抑鬱的時候，要不是我得到同情，要不是綠蒂允許我伏在她手上痛哭一場以舒積鬱，從而得到丁點兒安慰的話，我就會非離開她不可，就一定跑了出去！

隨後，我便會在田野裡徘徊，攀登上陡峭的山峰，抑或穿過人跡未到的灌木叢，讓荊棘劃破我的手臉，撕碎我的衣履！這樣，我心中會好受一點兒！但也僅僅是一點兒而已！有時，我又渴又累，就中途倒臥在地上；有時，在夜深人靜時，我頭頂一輪滿月，就坐在某個幽暗的林間一棵彎曲的老樹幹上，讓我睏倦的四肢得到些許休息，接著，在黎明前的朦朧晦暝中，由睏人的寂寥送入夢鄉，沉沉睡去。

威廉啊，你可要知道，修道士的斗室，他的粗布衣服和荊條編成的腰帶，比起我所經受的苦楚來，如今都成了一種奢望和享受！再見了！我看這眼前的苦楚是永無止境的，除非我趁早歸西了事。

# 九月三日

我是非走不可了！謝謝你，威廉，是你讓我下定了決心，使我不再猶豫。足足有兩個星期了，我總是把要離開她的事想來想去。我真是得走了。她又去城裡照顧她的女友。而阿爾伯特……是啊……我是非走不可了！

# 九月十日

這是怎樣的一個夜晚喲，威廉！從今以後，我什麼都可以忍受了。我永遠不會再見到她了！此刻，我真恨不得撲到你的懷裡，痛痛快快地哭一場，向你傾訴憋得我胸口發悶的情懷，我的摯友！而我卻又只好坐在這兒，為了使自己平靜下來而一口一口地吸著長氣，同時期待著黎明快快到來；太陽一出，我的馬匹就準備好上路了。

唉，這會兒她還安安穩穩地睡覺，一點也料想不到再見不著我了。我終於鼓起了勇氣要離開她，而在昨晚兩個小時的交談中，我竟然絲毫不曾洩露自己要走的打算。上帝啊，那是怎樣的一次談話啊！

阿爾伯特答應我，一吃完晚飯就和綠蒂一起到花園裡來。我站在高高的栗子樹下的土坡上，最後一次目送著夕陽西下，目送著它落到令人心曠神怡的幽谷和平緩的河流背後去。我曾多少次跟她站在這兒，一同欣賞那壯麗的景色啊！而現在……

我在那條十分心愛的林蔭道上來回踱著；早在認識綠蒂以前，這條路便對我產生了某種神秘的吸引力，令我經常在此駐足；後來，在我們倆認識之初，我們便發現彼此對這個地方都有著相同的愛好，當時那欣喜之情簡直難以形容。這條林蔭道，確實是一個令藝術家想入非非的極富有浪漫情調的好去處。

請你想像一下，一開始你還可以在栗樹底下望到一片廣闊的遠景——啊，我想起來了，我已經在以前的信中描繪過多次：在林蔭道的盡頭，那些高聳的山毛櫸樹長得像牆一般厚實，那林蔭道蜿蜒其間，變得越來越幽暗，最後簡直成了一個與世隔絕的小天地，寂靜淒清，令人悚然。我至今都還清楚地記得，在一個夏日的中午頭一次走進這個地方時，我心裡怦怦直跳；我當時就隱隱約約預感到，這將是一個既讓人嘗到許多幸福，又讓人遭受無數痛苦的場所。

我沉緬在別離的痛苦和甜蜜的會見這種十分矛盾的心情中，約莫有半個小時之久，便聽見他們走上土坡來了。

我迎面跑了下去，在拿起她的手時禁不住渾身發抖，但還是吻了一下。我們剛剛又登上了土坡，月亮就從林木繁茂的山崗後面升了起來。我們隨隨便便地閒聊著，不覺已來到幽暗的涼亭跟前。

綠蒂走了進去，在長凳上坐下來，阿爾伯特坐在她身邊，我也一樣。然而，內心的不安豈能讓我久坐，便立起身來，在他們倆面前站了一會兒，踱了一會兒步，然後又重新坐下，那情形可真叫人難受啊！

這時，她讓我們注意到那月亮，只見在我們面前的山毛櫸樹牆的盡頭，整個土坡都給灑上了一層銀光，真是一幅美麗的景色。加之，我們的附近是一片漆黑，那景色就顯得格外清朗而迷人。我們全都不出聲，過了一陣子，她才又開口道：

「每當在月光下散步，它總是讓我想起自己已故的親人，於是我滿腦子想的是死和死後的事情。我們都是會消逝的啊！」

她感慨萬端地又說下去，「可是維特，你說我們死後還會再見嗎？見著了還能彼此認得出來嗎？你有什麼預感？你能說些什麼呢？」

「綠蒂，」我說，同時握住她的手，熱淚盈眶，「我們會再見的！在今生和來世都一定會再見的！」

我講不下去了，當離愁別恨在我心中翻騰的時刻。威廉，難道她就非這麼問不可嗎！

「我們已故的親人，」她又繼續說道，「他們是否知道我們的情況呢？他們能不能感受到，我們在幸福的時刻也還是懷著熱愛緬懷他們呢？在靜寂的夜晚，我常坐在弟妹們中間，就像當年母親坐在她的孩子們中間一樣，而孩子們圍著我，也像當年圍著他們的母親一樣，這個時候在我的面前便會浮現出我母親的形象。於是我抬起焦急的雙眼，仰望蒼空，但願她哪怕能看我一眼，看看我是如何信守在她臨終時對她許下的諾言，代替她做孩子們的母親的。這下子，我用了那激情的口吻喊道：『原諒我吧，親愛的媽媽，要是我沒能像您那樣無微不至地關懷他們。唉，您要知道，我已經是盡力而為了；我讓他們穿暖，吃飽，更要重的，還愛護他們，教育他們。親愛而神聖的媽媽呀，您要是能見到我們是多麼和睦，您就會懷著最熱烈的感激之情讚美上帝，讚美您臨終前曾流著痛苦的淚水，祈求那保祐您的孩子們的主……』」

她就這麼講個不停，威廉！誰又能夠把她講的都複述出來呢？這冰冷而僵死的文字，怎能表達那心靈的真情流露啊！

阿爾伯特輕輕地打斷了她的話：

「妳太動感情了，親愛的綠蒂！我知道，妳老是念念不忘這些往事，但我求妳……」

「啊，阿爾伯特，」她說，「我知道你也不會忘記那些晚上，當爸爸出門去了，孩子們已被打發上了床，我們三個一塊兒坐在那張小小的圓桌旁邊，你手頭上雖抓著一本書，但卻很難得讀下去，要知道在這個世界上，有什麼會比跟媽媽這樣一個崇高的人進行交談更重要呢？她是位秀麗、溫柔、快活而不知勞累的婦女。上帝知道，我怎樣經常地流著熱淚跪在自己床上，乞求祂讓我變成像她一樣！」

「綠蒂！」我叫著，同時撲倒在她跟前，抓住她的手，眼淚撲簌簌地落到她的手上，「綠蒂啊，願上帝的祝福和妳母親在天之靈都保佑妳！」

「唉，你要是能認識她該有多好，」綠蒂緊緊地握著我的手，說，「她可是值得你認識的呢！」——聽到這話，我以為我會昏過去的；因為我還從未接受過如此崇高、如此引以為榮的讚揚哩——

她接著又說：「可這樣一位婦女，卻注定了正當盛年就離開了人世，那時候她最小的兒子才六個月啊！她病得不久，死的時候還算平靜而安詳，只是孩子們令她牽腸掛肚，特別是最小的兒子。看著死期逼近了，她才吩咐我：『把他們都領來吧！』我便把孩子們領進房去，小的幾個尚弄不清楚迫在眉睫的不幸，大的幾個則被悲傷嚇慌了，他們全圍著病榻站著。她舉起她那無力的手來為他們祝福，然後一邊挨個地吻他們，一邊打發他們出去，這之後，才對我說：『做他們的母親吧！』於是我向她發了誓。『妳答應了我像母親似的關懷他們，照料他們，這個擔子可不輕呀，我的女兒！我自己經常從妳感激的淚水看得出，妳已體會到做個母親多麼不容易。對於妳的弟妹們，妳要有母親的慈愛；對於妳的父親，妳要有妻子似的的忠實和柔順，並且要成為他的慰藉。』她還問他在哪兒。我父親為了不讓我們看見他難以忍受的悲痛，已躲到屋外去了；就連這個男子漢也是肝腸寸斷了啊！

「阿爾伯特，當你時正好也在房裡。她聽見有人在走動，便問是誰，之後並要求你走過去。

她用安詳而欣慰的目光看看我，又看看你，那目光流露出——我們倆將是幸福的，彼此都會感到幸福的。」

阿爾伯特一把摟住綠蒂的脖子，吻她，吻了又叫道：

「我們確實很幸福，將來也會很幸福！」

冷靜的阿爾伯特一時間竟失去了自制，我更是激動得說不出話來。

「維特啊，」她又繼續講，「上帝卻讓這樣的一位夫人離開了人世！我常常想，當我們眼睜睜地看著自己生命中最親愛的人被奪走時，沒有誰能比孩子們感到更痛切的了。後來，我的弟妹們痛哭和哀傷了很長的時間，同時不停地對人們訴說，是一些穿黑衣的男人把媽媽抬走了的！」

她站起身來，我才恍如大夢初醒，但仍呆坐在那兒，握著她的手。

「咱們走吧，」她說，「時候不早了。」

她想縮回手去，我卻握得更緊。

「我們會再見的，」我喊道，「我們還會相聚的，不論將來我們的面貌變成了什麼樣子，還能彼此認得出來的。我要走了，心甘情願地走了。」

我繼續說，「可是我要說永遠地離開你們，我卻無此勇氣。保重吧，綠蒂！保重吧，阿爾伯特！我們會再見的！」

「我想就在明天吧！」她開玩笑說。

天呀！這個「明天」真是令我百感交集啊！可她在抽回手去時，還全然蒙在鼓裡呢……

他們倆走出了林蔭道；我仍呆呆地立著，目送著他們在月光下的背影，隨後卻撲倒在地上，盡情地痛哭，一會兒又一躍而起，奔上土坡，從那兒還望得見她的白色衣裙，正向高高的菩提樹陰影下的園門旁閃動，可等我再伸出手去時，她的倩影已完全消失了。

# 第二卷

# 一七七一年十月二十日

昨天，我們抵達了此地。公使感到身體不太舒服，所以要在家裡休息幾天。要是他的脾氣不那麼乖張和難以相處，那一切倒還不錯。我發現，清楚地發現，我已命中注定要經受種種嚴峻的考驗。但是，我們可不能氣餒啊！心情一愉快，便什麼都忍受得了。好一個愉快的心情，這話竟然出自我的筆下，簡直令人發笑！唉，一丁點兒愉快的心情就可以使我變成天底下最幸福的人！可不是嗎，別人僅憑那麼一點點兒能力，一點點兒天份，便在我面前趾高氣揚，沾沾自喜，我幹嘛卻要悲觀失望，懷疑自己的能力和天賦呢？仁慈的上帝，是你讓我得天獨厚的；可是你為什麼不少給我一半天賦，多給我一半自信和自足呢！

別急！別急！一切都會好起來的。告訴你，我的摯友，你的意見相當好。自從我每天跟別人不斷地接觸，看到他們的所作所為以來，我變得滿足多了。誠然，我們生來就愛拿自己跟別人來比去；所以，我們是幸福或是不幸，便在很大的程度上取決於我們周圍的人和事物；由此看來，最大的危險莫過於孤身獨處了。在孤獨的情況下，我們那毫無約束的想像力受到詩裡幻影的激發，便常常臆造出一些地位無比優越於我們的人來，好像他們個個都比自己傑出，個個都比自己完美。這種心境是很自然的。在我們看來，我們所欠缺的，別人偏偏都有。不僅如此，我們還十分樂意把自己所有的好品質全都加在他們的身上。這樣一來，一個十全十美的幸運兒便完成了，只不過他是我們自己的幻想的產物而已。

反之，如果我們不顧自己的弱點和挫折，只管老老實實地一個勁兒往前划，我們常常會發現，我們雖然免不了要做Z字的航行，卻仍然比其他依靠風帆和潮水幫助的人走得遠——而且，一旦你跟其他人並駕齊驅，或者甚至超過他們時，你就會真正感覺到莫大的滿足。

# 十一月二十六日

我開始勉勉強強地適應此地的生活了。我發現，一個很大的優點乃是這兒有足夠的事可做；此外，我所遇到的許許多多新人，以及他們形形色色的職業，也都會帶給我無窮的樂趣。我已經結識了C伯爵，一位令我日益尊敬的博學多才之人。雖然他有遠見卓識，但對人並不冷漠；從他的待人接物上，可以明顯地看出他是很重感情和友誼的。我有一次奉命去他府上洽公，他便表現出對我有所好感，一經交談，他便發現我們能相互理解，發現他可以跟我傾心暢談，不像跟別人一樣。還有，他對待我的那種坦率和親切的態度，我怎麼誇獎也不為過。誠然，人世間最美好、最能溫暖人心的樂事，恐怕也莫過於看見一位偉大的人能跟自己推誠相見了吧！

# 十二月二十四日

公使讓我懊喪不已，這也是在我的意料之中。他可算是天底下最吹毛求疵的傻瓜了。他既死板又囉嗦，活像個老太婆；他這個人從來沒有滿意自己的時候，所以誰都無法迎合他。我喜歡幹事爽快伶俐，做完便了事；他呢，卻有本事老是把文稿退還給我，說什麼，「文章嘛倒寫得挺不錯，不過您不妨再看一遍，總可以找到個把更貼切的字眼，個把更適合的虛詞。」——這真叫我氣得要死。任何一個「和」，任何一個連詞，你都別想省去；我偶爾不經意用了幾個倒裝句，那簡直成了他的眼中釘、肉中刺；要是你竟然把那些長句的抑揚頓挫不是按照習慣的官腔處理，那他就會罵你存心讓他看不懂，出他的醜。在這樣的一個人手下工作，真是活受罪啊！

能讓我感到有所補償的只有C伯爵的真誠的友誼。近日他很坦率地告訴我，他對公使的拖沓和墨守成規也很不滿。「他這種人不僅自討苦吃，也給別人添麻煩。不過——」他說，「這也是沒有辦法的事，這正如同一個旅行者不得不翻一座山一樣：如果前面沒有山擋住，那麼路程自然簡便得多；如今山既然擋在那裡，那他就非翻過去不可！」

那老傢伙覺察到了伯爵對我的器重。他對此大為惱火，抓住一切機會當著我的面誹謗伯爵。我呢，自然要為伯爵辯護，事情因此弄得更糟。昨天，他簡直把我惹火了，因為他居然對我指桑罵槐起來。他說，伯爵真是個熟悉世故之人，辦事駕輕就熟，筆頭也行，可就是學問根底不深，跟所有的文人一個樣兒。

講這話時，他那副神氣彷彿在問：「這一下我可刺痛你了吧？」我才不讓他這一套得逞；我鄙視這種心懷鬼胎、搞小動作的人，便給了他一個有力的回敬。我說，人人都敬重伯爵的人品和學問，而他也是當之無愧的。「在我所認識的人中，」我說，「沒有誰能像他那樣心胸開闊，見多識廣，同時又精於日常事務的。」我對這老傢伙的這番談話無異是對牛彈琴；為了避免再扯下去他那謬論會氣死人，我就不辭而別了。

瞧，這全都怪你們——都是由於你們成天老在我耳旁嘮叨「要有作為呀，要有作為呀」，我才會套上了這副重軛的。要有作為！是啊，一個種出馬鈴薯來並運進城去賣的農民都比我更有作為。如果我這話不對，那我甘願在眼下這條囚禁我的苦役船上再多受十年罪。

唉，還有那種在金碧輝煌幌子下的醜陋和那班群集此間的小市民們的虛榮與無聊！他們之間為虛榮所做的鬥爭是何等激烈；他們時刻提防別人，追蹤別人，以便能搶在別人前頭哪怕半步。結果這種最可悲、最卑鄙的慾望表現得十分露骨。

譬如，就有這麼一個女人，她逢人便炫耀她貴族的血統和領地，使得每個了解內情者都免不了當她是個白痴，要不怎麼會把自己那點兒貴族血統和世襲領地，吹得如此天花亂墜。但是，事實上，她更是荒謬可笑，這個女人只不過是本地衙門裡一位書記官的女兒而已。是啊，我真弄不明白人類怎麼可以這樣自輕自賤。

不過，我的摯友，我確實一天比一天看得更加清楚，從自己的情況出發去衡量別人是很愚蠢的。更何況我自己是一身煩惱、自顧不暇，我這顆心又這麼固執而任性——唉，我幹嘛還要去管別人呢，不如跟他們來一個井水不犯河水好了。

最令我惱火的是那種惡名昭著的社會關係。儘管我跟任何人一樣，也清楚等級差別是必要的，我本人甚至還會從中獲得不少好處，可是，我卻不願讓它妨礙我享受在我人生道上的一點點歡樂，一星星幸福。

最近，我在散步時認識了封・B小姐；她是一位在眼下矯柔造作的環境中仍不失其落落大方的可愛姑娘。我跟她談得十分投機，臨別前便求她允許我登門拜訪。她爽爽快快地答應了，使我更加急不可耐地等著約定好了的幸福時刻的到來。她並非本地人，暫住在姨媽家裡。我一見之下就不喜歡老太太的長相，但對她仍十分敬重，多數時間都在跟她交談。不到半個時辰，我便摸清了她的底細，而事後封・B小姐也向我承認了。原來，她的姨媽老來事事都不如意，既無一筆符合身分的產業，也無才智和可以依靠的人，有的只是一串祖先的威名和可資憑藉的貴族地位，而她唯一的慰藉，就是從她的樓上俯視腳底下市民們的腦袋。據說，她年輕時倒是很俏麗的，只是由於愛捉弄不少倒楣的小青年而虛度了自己的一生；後來上了年歲，就只好屈就一位老軍官啦！此人看中了她那筆勉強夠用的生活費，才答應對她百依百順，並跟她一道度過了那些淒涼的晚年一直到死。現在她已面臨孤苦伶仃的風燭殘年。若不是她那姨侄女如此可愛的話，誰還願意光顧她呢！

# 一七七二年一月八日

真不知這是些什麼人，他們的整個心思都放在那種繁文縟節上，成年累月千方百計盤算的只是如何才能高陞一步，才能在宴席上坐上更高的位子。這倒不是他們沒有別的事可做，相反地，事情多得成堆，恰恰是因為忙那些無聊的瑣事去了，才顧不上幹重要的事。上星期，在乘雪撬出遊時，為了排位置的先後便發生了爭吵，結果大為掃興。

這班傻瓜喲，他們卻看不出位置先後本身毫無意義，因為坐上第一把交椅而又起到首要作用的人，真是鳳毛麟角！古往今來，有多少君王受制於自己的宰相，有多少宰相又為他們的幕僚所駕馭！在這種情況下，到底誰是真正的第一號人物呢？我認為是那種不受別人蒙蔽、又有足夠的魄力和心計，來調動別人的力量和熱情以實現自己計畫的人。

# 一月二十日

親愛的綠蒂，為了躲避一場暴風雪，我剛剛逃到了一家鄉村小客棧；到了這兒，我一定得給妳寫信。在我困守在這個令人倒楣的D城期間，我的心一點都不曾想到要給妳寫信。可眼下，在這所茅屋中，又遠離人群，我感到十分寂寞，雪和冰雹正敲打著我的小窗子，在這兒妳倒成了我第一次思念的人。我一踏進門，妳的倩影便出現在我的眼前，喚起了我對妳的回憶，綠蒂啊，那麼神聖、那麼溫馨的回憶！仁慈的上帝，你又能讓我重溫那個我們初相識時幸福的時刻！

親愛的，妳哪能知道我已變得多麼心神不寧，知覺痲木！我的心中沒有一瞬間的歡樂，沒有片刻的幸福！沒有！沒有！什麼也沒有！我好像站在一架西洋鏡前，看見人兒馬兒在我眼前打轉，禁不住經常問自己，這是不是在視力上造成錯覺的一種把戲？其實，我自己也參加了玩弄這種把戲，或者更確切地說，也像個木偶似的被人玩弄，偶爾觸到旁邊一個人的那隻木製的手，便嚇了一跳，忙把自己的手縮了回來。晚上，我下決心要享受第二天的日出，可到了早晨卻起不來床；白天，我希望能欣賞夜間的月色，天黑了卻又待在房中出不去。我甚至鬧不明白，我幹嘛起床，幹嘛就寢。使我的生命活躍起來的酵母已沒有了；使我在夜間幽暗中感到高興、又能使我從早晨的睡意中清醒過來的魔力也消失了。

我在此地只結識了一個引人注意的女子，一位名叫封．B的小姐；她就像妳啊，親愛的綠蒂，如果說有誰還能像妳的話。「哎，」妳會說，「瞧你這個人已學會獻殷勤了哩！」——妳這話也有點道理；這一陣子，我的確變得非常有禮貌了——不如此不行啊——而且變得十分風趣，所以女士們講：誰也不能像我這樣把奉承話說得極為巧妙。「還有騙人的話呢，」妳會補充說。是啊，不如此也是不行啊，妳懂嗎——讓我還是講封．B小姐吧！她那雙藍湛湛的眼睛反映出，她是個重感情的姑娘。而她的高貴地位倒成了她的拖累，使她什麼事都不能如願以償。她十分渴望離開擾攘的人群，我們常常幻想田園寧靜生活的幸福，啊，還談到妳哩！她總是不得不敬重妳啊！不，不得不，而是自覺自願地敬重妳。她非常樂意聽我講妳的情況，並且愛妳。

啊，我真願能再待在那舒適的小房間裡，坐在妳的腳邊，看著那些可愛的孩子們在我的周圍嬉鬧啊！要是妳嫌他們吵得太厲害，我可以讓他們聚到我身邊來，安安靜靜地聽我講一個有關嚇人的鬼怪的故事。

夕陽異常美麗，正慢慢地向著白雪皚皚的原野落下，暴風雪過去了，而我呢，又必須把自己關回樊籠裡……再見！阿爾伯特跟妳在一起嗎？妳過得怎麼樣……上帝饒恕我提這個問題吧！

# 二月八日

一週以來淨是壞天氣，但在我看來這卻太好啦。要知道，自從我來到此地之後，還沒有一個天氣好的日子不是讓什麼人的胡作非為所糟蹋了的。「哈，這會兒儘管下管、飛雪、降霜、結冰吧，」我想，「我反正待在屋子裡也不會比外面壞，也許倒好一些。」

每當朝陽升起，預示著一個好日子的時候，我便忍不住嚷道：「如今人們又有了一個天賜良機，可以你搶我奪了！」

他們對每一件事情都你搶我奪，健康、榮譽、歡樂和休息都莫不如此！而且他們這樣做多半是出於愚昧無知和心胸狹隘；可是要你讓他們自己講，他們的用心都是好得不能再好了。我有時真想跪下來求他們，再不要這麼毫不鬆手地互相傾軋了啊！

## 二月十七日

我擔心我跟公使共事不會長久了。這個人簡直叫你受不了。他辦公和處理問題的方式十分滑稽可笑，我經常禁不住頂撞他，或者乾脆我行我素，對此他自然十分惱火。結果他跑到宮裡去告我一狀，部長也就給了我一通申斥，雖說相當溫和，但總算是申訴啊。我正準備提出辭呈，卻收到了他的一封親筆信❶；這是一封怎樣的信啊！在它所包含的崇高而慷慨的思想面前，我只能五體投地。他叫我不要太感情用事。他說，我對辦事效率、對為人表率、對干預政務等等問題的想法，固然表現了年輕人的熱情，值得重視，但是卻操之過急了；因此他並不準備叫我打消這種熱情，而只是希望我對它要有所約束，要加以引導，讓它發揮好的影響，產生切實的作用！真的，有整整一週之久，我感到深受鼓舞，心情格外舒暢。內心的平靜和舒暢乃是人生的一件珍寶。親愛的朋友，但願這件美妙的珍寶不要倏忽即逝才好！

---

❶出於對這位傑出人物的尊敬，編者從書裡抽去了這封信和後面提到的另一封信（作者注）。

# 二月二十日

願上帝保佑你們，親愛的朋友！願祂把不肯賜予我的歡樂，統統賜予你們吧！

感謝你，阿爾伯特，感謝你瞞著我。我一直在等你們結婚的消息；我已下決心，一旦這大喜的日子到來，就將鄭重其事地從牆上把綠蒂那張剪影像取下，並收藏在其他畫片之中。可現在你們已結成了伉儷，而她的畫像依然掛在牆上；好吧，那就讓它掛著好了！為什麼不呢？我知道，我也依然留在你們當中，留在綠蒂心裡，但不會傷害你，是的，我在她心中僅佔據一個次要的位置，而且我很想把這位置保持下去。啊，要是她把我忘了，我定會發瘋的……這無異是把我打下十八層地獄，阿爾伯特。

再見，阿爾伯特！再見，綠蒂，我的天使！

# 三月十五日

我碰上了一件很不痛快的事，它會把我從這兒氣走的。我再無法忍受了！真是活見鬼！如今這倒楣的事已無法補救，而要怨就只能怨你們。是你們唆使我，催促我，迫使我接受了這份違逆我心意的差事。這下我可好了！這下你們也可好了！為了不讓你說什麼又是我的輕舉妄動的脾氣把一切弄糟了的，現在我請你，親愛的先生，聽聽下面這段簡短客觀的故事，它確是原原本本的紀實。

C伯爵喜歡我，器重我，這你知道，我已經對你講過百把遍了。昨天，我在他府上吃飯，可沒料到恰恰碰上當地的貴族男女們晚間要來他家聚會的日子；再說，我從來沒留心這種聚會，也沒有留心像我們這樣的小人物是不容插足他們的聚會的。這可巧啦！我在伯爵府上吃飯，飯後我們在大廳中踱起步來，我在跟伯爵談話，後來一位上校也加入了我們的談話，不知不覺之中聚會的時刻就到了。天曉得，我是壓根兒沒想到這事啊！這時候，可來了那位為人所敬仰的封・S夫人，率領著自己高貴的丈夫和她那隻新近才出殼的小笨鵝——一位胸部扁平、腰身緊束的千金走進來了，並且在從我身邊走過時顯出趾高氣揚、滿臉鄙視的神氣。我打從心底討厭這號人，巴不得早一點離開他們，但伯爵跟他們寒暄個沒完，我就只好等候。誰知這時我那B小姐也進來了。我每次見到她總是頗有好感，於是便留了下來，靠在她的椅背上跟她交談，過了好一會兒，我才發覺她跟我交談不像平時那麼隨意，甚至還有點難為情。這令我大吃一驚。「老天爺！」我自言自語道，「難道她跟那班人也是一路貨色嗎？」我不禁生起氣來，準備馬上就走；可是我仍然留下來，想為她的行為尋找個藉口，因為我不相信她真會如此，盼望能從她口裡再聽句好話，還有……誰曉得是什麼呢！這其間，聚會的人已經到齊；有穿戴著參加弗朗茨一世❷加冕時的全套盛裝的F男爵，有帶著自己的聾子老婆，在這種場合被鄭重地稱為封・R大人的宮廷顧問R等等，此外，還不該忘記了捉襟見肘的J，他在自己滿是窟窿的老古董禮服上，打著許多時新的補丁。聚到一塊兒的就是這等人物。我跟其中幾個熟識的人攀談，他們全都愛理不理。我什麼都還弄不清楚……我僅留心我的B小姐，沒注意到女人們已湊到大廳的頭上，在那兒嘰嘰咕咕地咬耳朵。後來男人們也受了感染，封・S夫人還一個勁兒在對伯爵講什麼（這些情形全是B小姐事後告訴我的），直到伯爵終於向我走來，把我領到一扇窗戶跟前。

---

❷ 弗朗茨一世為「德意志民族的神聖羅馬帝國」的皇帝，一七四五年加冕。

「您是了解我們荒謬可笑的習俗的，」他說，『我發現，聚會的人不樂意看到您在場。我本人倒無論如何不想……」

我打斷了他的話：

「閣下，千萬您原諒；這事我本應當早就想到的啊！不過，我知道您是會饒恕我的過失的……我早就想告辭的，卻讓魔鬼給留住了！」

我含笑加了一句，同時鞠了一躬。

伯爵意味深長地緊緊握著我的雙手。我悄悄地離開了那班貴族聚會的大廳，出到門外，坐上一輛輕便馬車，便向著M地馳去。在那兒，我一邊從山上觀賞落日，一邊讀我的荷馬，傾聽詩人吟唱俄底修斯如何受著好客的牧豬人的款待。這確實是莫大的愉快啊！

傍晚回寓所吃飯，小飯館裡已只剩幾個人了。他們擠在一個角落裡擲骰子，把桌布都掀開了。這當兒為人誠懇的阿德林走了進來，脫下帽子，一見我就靠攏來低聲問：

「你碰到了不時愉快的事？」

「我？」我問道。

「可不是，伯爵把你從聚會裡攆了出來啦！」

「讓伯爵和他們統統見鬼去吧！」我說，「我倒樂意待在新鮮空氣裡呢！」

「你能不在乎，這樣就好。」他說，「可令我遺憾的是，這事眼下已鬧得滿城風雨了啊！」這一下，此事才真正刺痛了我的心。所有來進餐的人都盯著我瞧，我心想他們就是為了這件事才專門來瞧我的！這真叫我火冒三丈。

甚至今天，無論我走到哪兒，人們都對我表示憐憫；可我還是拐彎抹角地聽到一些本來嫉恨我的人在洋洋得意地講：「這一下瞧見了吧，那種妄自尊大的傢伙會落得個什麼樣的下場。他們憑著一點小聰明就自以為了不起，把一切全不放在眼裡……」以及諸如此類的混帳話。我真恨不得抓起刀來，對自己的心窩刺上一刀；要知道你儘可以說什麼聽其自生自滅，不予理睬，可我倒想看看，有誰能忍受得了佔上風的無賴們對自己說東道西。要是他們的話純屬憑空捏造，那倒也容易置之不理。

## 三月十六日

一切都惹我生氣。今天，我在林蔭道上碰見B小姐，忍不住招呼了她。等我們離開人群遠了一點，我就向她表示對她最近那次態度的遺憾。

「啊，維特，」她語氣感人地說，「既然你懂得我的心，怎麼還能這樣誤解我當時的困難處境呢？從我跨進大廳的一刻起，我就為你忍受多的痛苦啊！我一切都事先就預見到了，我真想提醒你，只是成百次話到了嘴邊，又讓我給嚥了回去。我知道，封・S夫人和封・T夫人寧可帶著她們的男士退場，也絕不願跟你混在一起。我也知道，伯爵不願跟他們斷絕關係……眼下可是眾說紛紜啦！」

「眼下怎麼樣了，B小姐？」我問，同時掩飾著內心的恐懼；因為前天阿德林給我講的一切，此刻又出現在我的腦際，給我帶來極大的痛苦。

「你可害得我好苦啊！」說著說著，這可愛的人兒眼裡就噙滿了淚水。

我再也控制不住自己，幾乎要撲在她的腳下求饒了。

「那妳就好好地解釋吧！」我叫嚷道。

淚珠順著她的臉頰往下淌，我急得忘乎所以。她擦著眼淚，絲毫沒有掩飾的意思。

「你是知道我姨媽的，」她開始講，「當時她也在場，而且是用怎樣的目光看待昨晚的事喲！維特，我昨天晚上好不容易才熬過來了，可今兒一天又為跟你交往挨了一頓教訓。我還不得不聽著她貶低你，辱罵你，一點不能為你申辯，也不敢為你申辯。」

B小姐說的每一句話，都像利刀一樣刺痛我的心。她體會不到，如果她不向我吐露這一切，那倒是大慈大悲之舉。而她卻又告訴我，人家還說了我哪些流言蜚語，以及誰誰誰因此不停地得意洋洋，幸災樂禍。她還說，那些早就指責我傲氣和目中無人的傢伙，眼下對於我所受的報應真是心花怒放，樂不可支。唉，威廉，聽著她以充滿著真誠同情的聲調講述這一切，我是多麼感動……但我當時卻氣得肺都要炸了，眼下也仍然是怒火中燒。我那會兒真希望有誰站出來當面嘲笑我，這樣我便可以一刀戳穿他；也許見到了血，我的心中會好受些。啊，我也曾上百次地抓起刀來，想要刺破自己的胸膛，以舒心中的悶氣。據說，有一種寶馬，當騎手驅趕過急，悶熱難耐時，它便會本能地咬破自己的血管，讓呼吸變得舒暢一些。我的情形便常常如此，真巴不得切開自己的一條動脈，好獲得那種永恆的自由。

# 三月二十四日

我已向宮廷提出辭呈，希望能獲得批准；請恕我事先不曾跟你們商量。我反正是非走不可了；我知道你們想要我留下來，你們的種種理由我也都瞭如指掌……因此，請你在我母親面前替我婉言相勸，我實在是出於無奈：我現在是自身難保，又如何能顧及別人呢？不消說，這事必定會叫她難受；兒子本該有一個錦繡的前程，有朝一日會當上樞密顧問和公使，而如今卻眼看著錦繡前程就此遭到斷送而前功盡棄！

不管你們怎麼想，不管你能提出多少我可以留下和應該留下的理由，反正我是走定了。為了讓你們知道我的去向，我可以告訴你，這兒有一位侯爵，他很樂於跟我結交。當他得知我辭職的意圖之後，便邀請我到他的莊園去，陪他消受明媚的春光。他還答應到時候事事讓我自作主張，加之我們又頗能相互理解，我就想去碰碰運氣，因而跟他結伴同行。

補記

# 四月十九日

感謝你的兩封來信。我遲遲未覆，是因為我把覆信壓下了，一直等到辭呈批下來；我擔心母親會去找部長，妨礙我計畫的實現。現在可好了，辭呈已經批下來了。我不想告訴你們，辭呈批准得多麼勉強，以及部長在信中給我寫了些什麼話；否則，你們又會忍不住抱怨我了。親王贈我二十五個杜卡盾的解職金和一張字條，使我感動得熱淚盈眶。上次我曾寫信給母親要錢，現在就再也不需要了。

# 五月五日

我明天就要離開這兒了；因為我的故鄉離開大路只有六英里，於是我打算順路做舊地重遊，重溫那遙遠的幸福的舊夢。想當年，父親過世以後，母親領著我離開了可愛的家園，把自己關進了這愁悶的城市裡；如今我又要穿過那個她曾領著我出來的大門走進去呢！再見了，威廉，我在歸途中會給你寫信的。

## 五月九日

我懷著朝聖者的虔敬心情，完成了我的故鄉之行；一些意想不到的情感曾在我心中油然而生。在出村子向S地走約一刻鐘處的大菩提樹旁，我叫車夫停了下來。我下了車，打發郵車繼續往前走，自己卻單獨步行，這樣更可以栩栩如生地追憶每一件往事，更可盡情地重溫舊夢。如今，我又站在這株菩提樹下，它曾是我童年散步的去處，而且我總是散步到這裡為止。真是飽經滄桑啊！想當初，幸福而天真爛漫的我卻要離開家鄉，渴望到那陌生的世界裡去闖蕩，為自己的心靈尋找豐富的營養和歡樂，使我焦躁不安的胸懷得到滿足和平息；如今，我已從那廣袤的世界歸來，我的摯友啊，可我帶回來的卻是許多破滅了的希望！許多落空了的計畫！

我凝望那些橫亙在我面前的山巒。當年它們曾是我十分嚮往的地方，我曾常常一連好幾個小時坐在這菩提樹下，讓眼睛對著山巒，盡情地神遊在森林的綠蔭之中，迷失在幽谷裡；它們透過遠處的輕煙顯得如此神秘而迷人。每當到了該回家的時刻，我都多麼捨不得離開這個迷人的地方，真是叫人流連忘返啊！

我慢慢走近村子。所有古老的、熟悉的花園小屋都讓人流連不已，而那些新房舍和一切人為的改變卻令我反感。我穿過那大門進到村子裡面，立刻就有了一股極親切的感覺。我的摯友，我不想詳談這些感覺；雖則它們對我極富有魅力，但對於聽講的人卻是十分乏味的。我決定在緊挨著我們舊居的集貿市場那兒留宿。路上我還發現，那間一位可敬的老太太曾給我們一幫小孩子上過課的教堂，如今已變成了一家雜貨舖。我回味在這間小屋裡經歷過的不安、悲傷、迷惘和恐懼——幾乎每跨一步，我都能遇上引起我注意的事物；即使一個朝聖者到了聖城，也未必找到這麼多值得紀念的聖蹟，他的心也未必充滿著這麼多神聖的激奮啊——我僅再舉千百件經歷中的一件為例。我沿河而下，來到了一個田莊；這兒也是我從前常來的地方，我們男孩子練習用扁石片在河面上打水漂兒。我還記憶猶新的是，我常常站在岸邊目送著河水流走，隨河水而想入非非，想像著河流經過的地方的奇妙景色。雖然我的想像力很快就枯竭了，但我還是極力想下去，直到我迷失在一個虛無縹緲的遠方——你瞧，我的摯友，我們那些傑出的祖先儘管孤陋寡聞，卻也非常幸福！他們的感情和詩是那麼純真！當奧德修斯（即尤利西斯）講到無垠的大海和無邊的大地時，他的話是那麼真實、感人、誠摯、純樸而又十分神秘。就算現在我可以跟每一個學童講地球是圓的，可這對我又有何用呢？為了安樂地生活，一個人僅需要彈丸之地，而為了長眠，他所需要的更是一堆黃土而已。

眼下我住在侯爵的獵莊上。這位爵爺待人真誠隨和，倒也十分好相處。可在他周圍，卻有一些簡直令我捉摸不透的人。他們似乎既非奸詐之徒，也非正派之人。有時候，我覺得他們是誠實之人，但仍不敢加以信賴。最令我感覺不快的是，侯爵往往談一些聽到和讀到的東西，經常是毫無主見，人云亦云。

再說，他之重視我的智慧和才氣，也勝過重視我的心靈；殊不知我這顆心才是我唯一的驕傲，才是我的一切力量、一切幸福、一切痛苦以及一切一切的唯一源泉！唉，我所擁有的學識誰都可以努力去獲得；而這樣的一顆心卻為我所獨有。

# 五月二十五日

我有過一個計畫；我本來決定在事成之前不要告訴你。現在計畫已經失敗，說說也無妨了。我曾經渴望投筆從戎，這個想法在我心中由來已久；我之所以隨同侯爵來到他莊上，主要就是為了此事，因為他是×××地方的現役將軍。在一次散步中，我向他透露了自己的打算；他卻想方設法打消我的念頭，說是除非我真的有此強烈的愛好，而不是一時的胡思亂想，才會不聽從他的規勸。

# 六月十一日

隨便你怎麼說吧，反正我是不能留在這裡了。我待在侯爵身邊能幹什麼？我感到無聊起來。侯爵待我好得不能再好了，可我仍然感到侷促不安。其實，我們之間毫無共同之處。他是個很講究理解力的人，但自己的理解力卻十分平庸；與其跟他交往，還不如去讀一本好書。我打算再待一週，然後便繼續浪跡天涯。我來到此間後所做的最有意義的事是作畫。侯爵對藝術頗為愛好；他要是不受那些清規戒律和陳腐觀念的束縛，對藝術的理解定會更深刻一些。有不少次，正當我興致勃勃地跟他暢談大自然和藝術時，他卻突然自作聰明，從嘴裡冒出一句老生常談的毫無意義的話來，簡直叫我忍無可忍。

# 六月十六日

唉，我不過是個浪跡天崖的人，是個在地球上來去匆匆的過客！難道你們就不是嗎？

# 六月十八日

我打算去哪兒嗎？讓我對你老實說吧！我不得不在此地再待兩週，然後打算去參觀×地的一些礦場；但問題根本不在於參觀礦場，實則是想藉此離綠蒂近一些而已。我自己也禁不住取笑起自己這顆心來；但笑歸笑，卻仍然遷就了它。

# 七月二十九日

不，一切都很好！一切都很美妙……我……要做她的丈夫！啊，上帝，是你創造了我，要是你又能賜給我這個福份，那我將會終生感恩不盡。我並不是在抱怨命運，饒恕我的這些眼淚，饒恕我的這些痴心妄想吧——她要做我的妻子！要是我能擁抱這個天底下最可愛的人兒，那我就……

每當阿爾伯特摟著她纖腰的時候，啊，威廉，我的全身便會不寒而慄。

我該說這種實話嗎？威廉，為什麼不該說呢？她跟我在一起會比跟他在一起更加幸福啊！他不是那種能滿足她心中所願望的人。他這個人缺乏心靈的敏感，缺乏某種……隨你怎麼理解吧，總之，在讀到一本好書的某個片段時，他的心不會產生強烈的共鳴，像我的心和綠蒂的心那樣；還有許許多多例子，當我們的感情受到某個虛構人物的故事強烈地激蕩時，我感到我的心和綠蒂的心跳得多麼合拍啊！親愛的威廉，雖說他也全心意地愛她，但這樣的愛只應獲得別的報答啊！

一個討厭的來訪者打斷了我的思路。我擦乾了眼淚，控制住了自己的感情。

再見了，我的摯友！

## 八月四日

世間苦命的人不只是我一個。人們全都受到希望的戲弄，全都遭到期待的欺騙！我去看望住在菩提樹下小屋裡的那位熟識的婦人。她的大兒子跑上來迎接我，他的歡呼聲把母親也帶了出來，她顯得相當傷心。她的第一句話就是：「唉，真是不幸啊，好心的先生，我的漢斯已經死了！」——漢斯是她的么兒子。我一下子愣得說不出話來——「還有我的丈夫，」她繼續說，「他也兩手空空地從瑞士回家來了，如果不是遇上好人，他只得一路討飯了。他在路上還染上了寒熱病哩。」——我對她又無話可說，只送了一件小禮物給她的小孩；她請我收下幾粒蘋果，我收下了，帶著憂傷的回憶離開了那個地方。

# 八月二十一日

我的感覺真是瞬息萬變啊！有時候，我眼前展現的是一幅幸福的前景，但可惜轉瞬即逝——然後，每當我墮入忘我的夢幻中，我便禁不住產生這樣的想法：「要是阿爾伯特死了，又將會怎麼樣呢……是啊，她會……我也一定會……」隨後，我便任憑自己的胡思亂想來擺佈，直至被引到懸崖邊上，嚇得心驚肉跳地往後退。

當我穿過那同一個大門，循著那條當知曾把我引向綠蒂的大路走時，面對別後所發生的變化，我的心情變得很沉重。一切都面目全非了啊！我已失去了往日的感覺，往日的感情已不再在我的心頭激蕩。我的心境恰似一個重返自己城堡的幽靈：想當初，他身為顯赫的王侯，建造了這座城堡，對它極盡豪華裝飾之能事，後來臨終時又滿懷希望地把它遺留給自己的愛子；而到頭來，他看到昔日的榮耀已消逝，昔日的輝煌建築已燒成一片廢墟。

# 九月三日

我有時真不能理解，怎麼她還能愛上另一個人，還敢愛上別人；要知道我愛她愛得如此專一，如此深沉，如此痴情，除了她以外，我別的什麼人也不再想知道，不再想了解，不再想擁有什麼了啊！

# 九月四日

是的，恰好是這樣：正如自然界已轉入秋天，我的心中和我的周圍也已是一派秋意。我的樹葉已枯黃，而鄰近樹木的葉子也已凋零。你還記得我剛到此地時在信上跟你講過的一個青年農民的事（參閱第一卷五月三十日的信）嗎？這次在瓦爾海姆我又打聽起他的情況來，人家告訴我，他已被解雇給攆走了；此外，便沒有誰知道他的事。昨天，在通往鄰村的路上，我恰好碰見他，跟他打了招呼，於是他給我講起他的故事來。要是我現在再講給你聽，你就很容易理解，為何這個故事令我感動不已。可是，我幹嘛要講這事，幹嘛不把這件令我憂慮、令我悲痛的事埋藏在心底，而要讓你跟我一道不痛快呢？幹嘛我要給你一次次機會，讓你來憐憫我，罵我呢？但是，隨便你罵去吧，這也是命運的一部分啊！

經我提問，這青年農民才帶著壓抑的哀愁——我看那是內心膽怯的標誌——講起自己的事來。但是，講著講著，他便認出我來了，於是說話再不像初時那樣吞吞吐吐，向我直認了自己的過錯，並為自己的不幸十分悲傷。我的摯友，他的每一句話，我真巴不得能表達得一字不錯！

他承認，不，他是帶著一種陶醉於往日歡樂的神情，津津有味地在追述：他對女東家的熱情如何與日俱增，弄到後來六神無主，不知道自己在做什麼，在說什麼。他吃不進，喝不下，睡不著，喉頭好似給堵住了一樣。不該做的事他做了，該做的事他又偏偏忘了，恰像讓魔鬼附了身一般。直到有一天，他知道她到閣樓上去了，便跟著追了去，或者更確切地說，被她吸引了去。由於她對他的請求置之不理，他自己也不清楚是怎麼搞的，竟想對她使用起暴力來；不過上帝作證，他對她的用心始終是正大光明的，別無其他慾念，只是想娶她做老婆，讓她跟他一起過日子而已。講到這裡，他突然又吞吞吐吐起來，好像他還有話要講但又不好意思出口似的。最後，他還是很難為情地向我和盤托出，她允許他做些小小的親熱，還讓他對她保持某種親密關係。他曾兩三次中斷敘述，反覆申辯說，他絲毫不想敗壞她的名譽，並表示，他仍像過去一樣地愛她，尊重她，要不是為了叫我相信他並非是個頭腦發昏的傢伙，那他才不會把這些事向我吐露呢！

喏，我的摯友，我又要重彈我那永遠彈不完的老調了：要是我能讓你想像出這個當時站在我跟前，眼下也仍像站在我面前的人是個啥樣子，那該有多好啊！要是我能正確地講述一切，讓你感覺出我是如何同他的命運一樣，且不得不同情他的命運，那又該有多好啊！不過，這就夠了，因為你了解我的命運，也了解我本人，你也就不難了解，是什麼使我的心靈向著一切不幸者，尤其是這個不幸的青年農民。

我在重新細讀此信時，發覺我竟然忘了告訴你故事的結局，不過這也不難猜到。女東家後來對他變冷淡了，加之她的兄弟又橫加干涉。此人對他早就懷恨在心，巴不得趁早把他攆走，生怕自己姊姊一改嫁，他的孩子就會失去一大筆財產的繼承權；她本人沒有子女，所以他們眼下是大有指望的。這位舅老爺不久便把那個青年農民轟了出去，並且大鬧特鬧，弄得女東家本人即便再想找他回去也沒有這份膽量了。眼下她已另雇了一個長工，據說她弟弟對這個長工同樣感到不高興。她也很可能會嫁給他。但是，我那位熟人告訴我，他本人對這事無論如何是忍受不了的。

我對你講的一切絕無誇大，絕無塗脂抹粉；相反地，我倒認為因我是用合乎慣用道德標準的語言講的，所以這故事的氣氛給減大大地給減弱了，講得十分粗糙。

這種愛情，這種忠誠，這種激情，才不是詩人虛構得出來的哩！如此純真的感情，只存在於那個被我們稱為沒有教養的、粗野的階級的人們心中。我們這些有教養的人，實際上倒是被教養成了糊里糊塗的人！請認認真真地讀讀這個故事吧，我求你了。今天，我由於寫下了它，心情格外平靜；再說，你從我的字跡也看得出，我可不是像平時那樣心慌意亂，信手塗鴉的啊！讀吧，親愛的威廉，並且在讀的時候請想到，這也是你的摯友的故事啊！可不是嗎，我過去的遭遇跟他的一樣，我將來的遭遇也會一樣；只是我不如這個窮苦的不幸者一半勇敢，一半堅決，我甚至連跟他相比的勇氣也沒有。

# 九月五日

綠蒂的丈夫要在鄉下辦的事尚未辦完，所以他暫時回不來了，她便寫了一封短箋給他，信的開頭一句是：

「我最親愛的人，你儘快趕回來吧，我懷著萬分的喜悅在等候你。」

碰巧一位朋友捎來了消息，說他的事務也未了，不能馬上回鄉下去。於是信就沒有交給他帶走，當晚便落到了我的手裡。我讀著讀著笑了起來。她問我笑什麼。

「人的想像力想是天賜的珍寶，」我脫口而出，「有那麼一瞬間，我曾經想入非非，竟然以為這信就是寫給我的呢！」

她聽了默不出聲，似乎對我這句話感到很不高興；我也只好沉默了。

# 九月六日

我費了好大的勁才拿定了主意，要脫掉我第一次跟綠蒂跳舞時穿過的那套樸素的燕尾服；它實在是舊得有失體面了。於是我又訂好了一套新的，跟舊的一模一樣，同樣的領子，同樣的袖口，連配套的背心和褲子也是黃色的。

可新做的一套總不能像舊的一套那樣稱我的心。我弄不清楚，這是何緣故……我想，過些時候它也許會讓我稱心些吧！

# 九月十二日

為了去迎接阿爾伯特，她出門了好幾天。今天我才能見到她；我一跨進她的房間，她便迎了上來，於是我吻了她的手，心裡真是說不出地高興。

從鏡台旁飛來一隻金絲雀，落在她的肩上。

「這是位新朋友，」她一邊說，一邊把雀兒逗到她手上，「是我買來送給弟妹們的禮物。你瞧它有多可愛！你瞧，每次我餵它麵包，它都拍拍小翅膀，小喙兒啄起來可真靈巧。它還跟我接吻哩，你瞧！」

她說著便把嘴唇伸給金絲雀，鳥兒也將自己的小喙子湊到她的芳唇上，彷彿確實感受到了她賜給它的那份美滿幸福似的。

「讓它也吻吻你吧！」綠蒂說道，同時把金絲雀遞過來。

這鳥喙兒在她的嘴唇和我的嘴唇之間起了溝通的作用，跟它輕輕一接觸，我彷彿就吸到了她芬芳的氣息，頓時心中充滿了甜美無比的幸福感。

「它跟妳接吻並非毫無貪求，」我說，「它是在尋找食物，如果只是光親熱一下，那會令它感到失望的。」

「它也會從我嘴裡吃東西。」她說。她真的就用嘴唇銜著幾片麵包屑遞給它；在她那嘴唇上，洋溢著最天真無邪和愉快幸福的笑意。

我背過臉去。她真不該這樣做啊！真不該用如此天真無邪而又令人銷魂的場面，來激發我的想像力，把我這顆已消沉在人生冷漠夢境裡的心重新喚醒！又為什麼不該呢？她是如此地信賴我，因為她知道我是多麼愛她啊！

# 九月十五日

我真要給氣瘋了，威廉，世上還有點價值的東西本來就已所剩無幾，可是人們仍不懂得加以愛護珍惜。你知道那兩株美麗的胡桃樹（參閱第一卷七月一日的信），那兩株我和綠蒂去拜訪一位善良的老牧師時曾在它們底下坐過的胡桃樹！一想到這兩株樹，上帝知道，我心中便會充滿最大的歡樂！它們那繁茂的枝葉使牧師的院子變得多麼幽靜，多麼蔭涼！看著這兩株樹，自然便會懷念許多年前親手栽種它們的那位可敬的牧師。鄉村學校校長經常向我們提到他的名字，這名字還是他從自己祖父口裡聽來的。那位牧師一定是個很了不起的人；每當我在樹蔭底下想到他，總會肅然起敬。告訴你，威廉，當校長昨天告訴我們這兩株樹已給砍掉了的時候，他還是淚汪汪的呢！給砍掉了！我氣得幾乎發狂，恨不得把那個砍第一斧的狗東西給宰掉。

說到我這個人，那真是只要看見自己院子裡長的樹中有一棵快老死了，心裡也會難過得要命。可也還有一件叫人高興的事，我的摯友，人們到底是有感情的！全村老少都抱怨連天；我真希望牧師娘能從村民贈送的奶油、雞蛋以及其他東西的減少上感覺出來，她給村民造成了多大的創傷。因為，這個新牧師的老婆（我們的老牧師已經去世），正是這次砍樹的罪魁禍首呢！而她這個瘦削而多病的女人，有充足的理由不喜歡這個世界，就如同世人也不喜歡她那樣。

這個蠢女人還裝出有學問的模樣，研究起宗教經典來，她起勁地要對基督教進行一次新式的、合乎道德的改革，對拉瓦特爾的狂熱不以為然；她的健康狀況遭透了，因此活在人世間全無歡樂可言，也只有這樣的一個壞蛋方能幹出砍樹的勾當來。你瞧我怎麼受得了這樣的悶氣！請你聽聽她砍樹的理由吧：落葉會弄髒她的院子，樹的枝椏會擋住她的陽光，還有胡桃熟了，孩子們會扔石頭去打等等；她說這些都有害於她的神經，妨礙她專心思考，妨礙她在肯尼柯特❸、塞勒姆❹和米夏厄里斯❺之間進行比較權衡。我看見村民們特別是老人如此不滿，便問：「你們當時怎麼任人砍樹了呢？」

他們回答：「唉，在我們這個地方，只要村長想幹什麼，我們可憐的農民又能怎樣呢？」不過，有一點還算是天道公平：新牧師從自己老婆的怪癖中從未嘗過什麼甜頭，這次竟想撈

---

❸ 肯尼柯特：英國神學家。

❹ 塞勒姆：德國新教神學家。

❺ 米夏厄里斯：德國神學家和東方學家。

點好處，於是打算跟村長平分賣樹的錢；誰知鎮公所得知此事便說：「你們都住手，把樹送到這兒來！」因為鎮公所對這兩棵樹的牧師宅院是擁有產權的，最後由鎮公所將樹賣給了出價最高的買主。胡桃樹至今仍橫躺在地上！唉，假若我是最高統治者，我就會把牧師娘、村長以及鎮長統統給……我是最高統治者……可我要真是最高統治者，我也就會對自己領土內的那些樹漠不關心了啊！

十月十日

我只消看見她那雙黑晶晶的眼睛，立刻便心花怒放！只是有一件事令我苦惱，阿爾伯特似乎並不那麼幸福，不像他希望……而我……倒會是幸福的，要是……

我本來不愛用刪節號，但在這兒，我無法用其他方式來好好表達呀；即使如此，我想我也是表達得夠清楚的了。

# 十月十二日

奧西恩已代替了我心中的荷馬。這位傑出的行吟詩人領我走進了一個何等奇妙的世界啊！我漂泊在荒野裡，四周狂風怒號，霧氣瀰漫，只見在朦朧的月光下現出了先人的幽靈。我聽見在從山上送來的林濤聲和山溪奔流聲中，還夾雜著鬼穴裡幽靈們的痛苦嘆息，以及在她的愛人——那高貴的戰死者長滿青苔的墳塋上哭得死去活來的少女的哭泣。驀然間，我聽見了這位白髮蒼蒼的行吟詩人，他在幽谷中尋覓自己祖先的足跡，可他找到的，唉，卻只是他們的墳墓。隨後，他嘆息著仰望夜空中燦爛的金星，發現它正要沉入波濤洶湧的大海，而往昔的時光便活現在他英雄的心中；要知道這親切的星光也曾照亮過勇士們的險途。這明月也曾輝耀過他們凱旋歸來時紮滿花環的戰艦啊！在白髮詩人的額間，我發現了深深的苦悶；我看見這最後一位孤獨的偉人，他正精疲力竭地向著自己的墳墓蹣跚地走去，一邊不斷地從將要跟已故的親人會合中吸取令人感到心靈顫抖的歡樂，俯視著冰冷的土地和在狂風中搖曳不定的深草，一邊口裡呼叫道：「有個漂泊者將會到來，他曾見過我的美好青春；他將會問：『那位歌手在哪裡？芬戈❻傑出的兒子在哪裡？』他的腳步將踏過我的墳頭，他將在大地上四處將我尋找，但卻是枉然。」

啊，朋友！我真願像一位忠誠而高貴的勇士拔出劍來，一下子解除我這位君王慢慢死去的痛苦煎熬，然後再讓我的靈魂也去追隨這位獲得解救的半個神明。

---

❻芬戈相傳為三世紀時的蘇格蘭國王，據說，奧西恩是他的兒子。

# 十月十九日

唉，多麼空虛！

壓在我胸口上的是一種多麼可怕的空虛！

我常常想，哪怕我能把她緊貼在心窩上一次，

僅僅一次，這整個空虛就會給填得滿滿的了。

# 十月二十六日

是的，我的摯友，我確信，越來越確信，一個人生命的價值是很微小的，實在是微不足道的！一個女朋友來看綠蒂，我便退到隔壁的房間，拿起一本書來讀，卻讀不進去，隨後又取過一支筆想寫點什麼。這當兒，我聽見她們在低聲交談，相互通報一些雞毛蒜皮的瑣事，不外乎誰誰結了婚，誰誰生了病、病得很重之類的本地新聞。

「她現在老是在乾咳，臉孔越來越瘦削，偶爾暈了過去，我看是活不長嘍！」客人說。

「那個N．N的情況也同樣糟啊。」綠蒂應著。

「他的四肢已開始浮腫了。」客人又講。聽她們倆這麼聊著，我設想我已經去到那兩個可憐人的病榻跟前，看見他們何等苦苦地掙扎，何等捨不了生命，何等……

可是，威廉啊，我這兩位女士卻滿不在乎地談論這事，就像人們談論死了一個素不相識的人似的！我環顧四周，打量我所在的房間，打量擺在我跟前的綠蒂的衣物，阿爾伯特的文書，以及這些我已經十分熟悉的家具，乃至這個我正在用的墨水池，心裡禁不住想道：瞧，你現在對這個家庭有多麼重要了啊！太重要了！你的友情對這個家庭有多麼重要了啊！太重要了！你的朋友們敬重你。你常常帶給他們快樂，而且你的心裡也覺得，似乎離開了他們，你就活不下去。可是——你要是這會兒走了，離開了他們的圈子，那他們會不會感覺到失掉了你給他們的生活所造成的空缺呢？這種空虛之感又能在他們心中維持多久呢？真是浮生若夢啊！甚至在他最能證實自己存在的地方，在他留下了最不可磨滅的印象的地方，在他的親愛者的記憶中，在他們的心坎裡，他也注定了要變得淡薄，要消失得無影無蹤，而且消失得非常迅速！

## 十月二十七日

人對人竟如此地缺少感情的給予，一想起來，我就常常恨不得撕開自己的胸膛，砸碎自己的腦袋。唉，要是我本身沒有愛情、喜悅、熱情和狂歡，人家就不會給我；另一方面，就算我心裡充滿了幸福，也不能使一個天生缺少溫情的人幸福啊！

## 同日晚上

我具有再多的精力，但全都會被對她的愛情所吞噬掉；我具有再多的天賦，但沒有她，我便是一無所有啊！

## 十月三十日

我已有上百次險些就要擁抱她了！惟獨天主知道，當一個人看見那麼心愛的東西在面前晃動而又不能伸手去攫取時，他心裡會是多麼痛苦。攫取本是人類最自然的一種本能。幼兒不總是伸出小手去抓他們所喜愛的一切嗎？更何況我呢！

# 十一月三日

上帝知道，我在上床時常常懷著一種願望，是的，有時甚至是種渴望：從此永遠不再醒來！因此，第二天，當我早上睜開眼睛又見到太陽時，便感到十分沮喪。唉，假若我是個怪癖之人，那就能怪天氣，怪第三者，怪一件沒有辦成功的事情，那樣倒也好，難受的苦惱便不再全壓在我一個人的身上。但是，有多可悲啊，我卻清楚地感到，一切的過錯全在我自己！難道不是嗎？誠然，正如一切喜悅的根源曾一度存在我的心中，如今我的心也成了一切痛苦的根源。

當初，我沉醉於受用不盡的幸福，走到哪兒，哪兒就變成了天國，心胸開闊得容得下整個宇宙，難道我已不再是往日的我，我這顆心已不再是往日那顆心了嗎？可如今，我這顆心已經乾枯，再也不能用溫柔的淚水滋潤我的感官；我的額頭更是可怕地蹙了起來啦！我痛苦之極；我已失去了自己生命中唯一的歡樂，唯一神聖的、令我振奮的力量，我曾用它來創造周圍世界的力量，如今都已消逝了！

我眺望窗外遠處的山崗，只見日光透過崗上的濃霧，照亮了下面靜靜的幽谷；在已經落葉的柳絲間，一條蜿蜒曲折的小河緩緩地向我流來……啊，當大自然把它如此令人讚嘆不已的景色展現在我眼前，卻不能再打動我的心，使它產生出絲毫幸福的感覺時，那我這整個人在上帝面前不就成了一口乾涸的水井，一只滿是裂縫的吊桶了嗎？我常常撲倒在地，祈求上蒼賜給我眼淚，就像一個農夫在天旱地裂時祈求甘霖一樣。

但是，唉，我感覺到，上帝絕不會因為我們苦苦哀求就賜給我們甘霖和陽光！唉，那些一回首就令我心裡十分難過的往昔時光，它們為何又那樣幸福呢？因為那時我是十分耐心地期待上帝的恩典，滿懷感激不盡的心情接受祂賜給我的歡樂。

# 十一月八日

綠蒂責備我飲食不知節制！啊，責備得如此溫柔、親切！她說我近來比以前嗜酒了，一端起酒杯來就非喝一瓶不可。

「別這樣，」她說，「想想你的綠蒂吧！」

「想！」我反駁道，「還用得著妳叫我想妳嗎？我是在想妳啊——不管我想妳也好，不想妳也好，反正妳時時刻刻都在我的心中。今天，我就坐在妳幾天前從馬車上下來的那個地方……」

她立刻變換話題，不讓我講下去。

我的摯友，我算完了！她已能夠隨心所欲地支配我了啊！

# 十一月十五日

我感謝你，威廉，感謝你對我真摯的同情，感謝你善意的忠告；同時，我也請你放心。請讓我忍受下去吧，我儘管疲憊不堪，但仍有足夠的力量支撐到底。我尊重宗教信仰，這你是知道的；我覺得，它是某些消極者的精神支柱，絕望者的慰藉。不過，它難道對所有的人都能如此生效嗎？都一定如此生效嗎？請您放眼看看這個廣袤的世界，你就會看到信教的芸芸眾生有千千萬萬，無論他們是舊教徒還是新教徒，對於他們宗教信仰並非一種幫助，將來也不會是一種幫助。難道它對於我就一定是一種幫助嗎？聖子耶穌自己不是說過，只有天父交給他的那些人，才能生活在他的周圍嗎？要是天父沒有把我交給了他，那我該怎麼辦？要是如同我的心對我所暗示一樣，天父希望把我留給他自己，那我又該怎麼辦——我請你別誤解我，別把這些誠心誠意的話看成是對你的嘲諷。你要知道，我對你說的全都是肺腑之言，不然我寧可沉默；因為，對於這一切大家跟我一樣都不甚了了的事情，我是很不樂意開口的。人不是命中注定了要受完他那份罪，喝完他那杯苦酒嗎？既然人一樣的上帝呷了一口都覺得這酒太苦，我為什麼就得硬充好漢，非說這酒是佳釀不可呢?此刻,我整個人都戰慄於存在和滅亡之間,過去像閃電似地照亮了未來的黑暗深淵,我周圍的一切都在沉淪,世界也將隨我走向毀滅;在這可怕的時刻,我還有什麼好為難的呢?那個受盡壓迫、孤立無助、注定淪亡的神之子在最後一刻不是鼓足力氣從內心深處喊出:「上帝啊,上帝!您幹嘛拋棄我?」❼那麼,我為何就該羞於流露自己的感情?這位神之子能夠把天空像手帕一樣捲起,尚且難逃這個時刻,而我又何必害怕呢?

❼據基督教聖經載,這是耶穌被釘十字架時講的話。

# 十一月二十一日

她看不出，也感覺不到，她正在釀造一種會把我和她自己都毀掉的毒酒；她把會毀滅我的毒酒遞給我，而我竟然開懷暢飲。為什麼她要常常——常常嗎？不，不是常常，而是有時候——為什麼有時候她要那麼溫柔地望著我，要欣然接受我下意識的感情流露，要在面容上表現出對我的痛苦的同情呢？

昨天，當我離開時，她握著我的手說：「再見，親愛的維特！」

親愛的維特！這是破天荒第一次她叫我做親愛的，叫得我心猿意馬起來。我把這句話重複了無數次，等到夜裡上床睡覺時，還對自己胡言亂語了一通，最後竟冒出了一句：「晚安，親愛的維特！」過後自己卻又禁不住地笑起自己來。

# 十一月二十二日

我不能向上帝祈禱：「讓她成為我的吧！」雖然我卻總覺得她就是我的。我不能祈禱：「把她賜給我吧！」因為她已屬於別人。我常用理智來克制自己的痛苦；假若我不這樣約束自己，那我就會沒完沒了地想來想去。

# 十一月二十四日

她感覺到了我是多痛苦。今天早晨，她對我的一瞥深深地打動了我的心。當時我發現只有她一個人在家；我沉默無語，她也久久地望著我。如今，我在她身上已見不到從前那種嫵媚，見不到非凡的智慧光輝；這一切在我眼前都業已消失。但是，她那由於充滿著無比親切的關懷和無比甜蜜的同情而變得更加動人的目光，卻深深地打動了我。為什麼我不可能跪倒在她的腳下呢？為什麼我不可摟住她的脖子，以無數的親吻來報答她呢？為了避開我的直視，她坐到鋼琴跟前，伴著琴聲，用她那甜美、低婉的嗓音，輕輕哼起了一支和諧的歌。我還從未見過她的嘴唇如此迷人；它們微微翕動著，恰似正在吸吮那像清泉般從鋼琴中流出來的一串串美妙之音；同時，從她的玉口內，也發出來奇妙的迴響——是的，要是我能用言語向你傳達這個情景就好了——我再也忍不住，便彎下腰去發誓說：「可愛的嘴唇啊，我永遠也不會冒昧地親吻你們，因為你們是受到天使的庇護啊！」——然而……我希望……哈，你瞧，這就像立在我靈魂前面的一道高牆……為了嘗到幸福，我得翻過牆去……然後再下地獄贖罪——得啦，這也算是罪過嗎？

# 十一月二十六日

我有時會對自己說：「你的命運真是太不濟了，別人都非常幸福，誰也沒有像你這般受苦喲！」隨後，我便讀一位古代詩人❽的作品，讀著讀著，彷彿窺見了自己內心的寫照。我竟然得經受這麼多痛苦的煎熬！唉，難道在我之前的人們，也曾經這樣不幸嗎？

❽ 指奧西恩。

# 十一月三十日

不，不，我鎮靜不下來了！無論我走到哪裡，都會碰見叫我心神不定的事情。就比如今天吧！唉，命運！唉，人類！

中午時分，我不想吃飯，便沿著河邊去散步。四周一片荒涼，從山上刮來陣陣濕冷的西風，灰色的雨雲已經躲進峽谷裡去了。遠遠地，我瞅見一個穿著件破舊的綠色外套的人，在山岩間爬來爬去，像是正在採藥草似的。我走到近旁，他聽見腳步聲便轉過頭來，模樣十分怪異。臉上最主要的神情是難言的悲哀，但也透露出樸實和善良。他的黑長髮用簪子在腦頂別成了兩個捲兒，然後任其飄落在肩頭上，看衣著，他很可能是個地位低微的人。我心想，若是我對他的工作表示關注，那他大概是不會見怪吧！因此，便問他在找什麼。

「找花，」他深深地嘆了一口氣，回答說，「可一朵也找不到。」

「這可不是找得到花的季節啊！」我說著微笑了。

「花倒是多得很，」他邊講，邊向我走下來，「在我家的園子裡，就長著玫瑰和兩種忍冬花，其中有一種是我父親送我的，長得跟雜草一般快；我已經找了它兩天，總是找不著。這外邊也有花，黃的、藍的、紅的都有，還有那矢車菊的小花兒才美呢！不知怎的，我竟然一朵也找不到……」

我已感到情況有些蹊蹺，便小心翼翼地問道：「你要這些花幹嘛呢？」

他臉上一抽動，閃過一絲古怪的笑意。

「您可別講出去啊，」說時他把食指擱在嘴唇上，「我答應了送給我那心上人一束花。」

「這很好嘛！」我說。

「啊，」他說道，「她有好多好多別的東西，可富有啦！」

「就算是這樣，她還是會珍惜您這束花的。」我應和道。

「啊，」他接著講，「她有許多寶石，還有一頂王冠。」

「她叫什麼名字？」

「唉，要是聯省共和國❾雇了我，那我就會是另一個人啦！」他說，「可不是，有一陣子，

---

❾ 聯省共和國乃是十六世紀資產階級革命後的尼德蘭（即今荷蘭），當時在德國人心目中是最富有的國家。

我過得挺不錯啊！我現在算什麼？一個不可救藥的人！現在我……」
他抬起淚汪汪的眼睛，望著蒼空，不用再多說，便一切都明白了。
「這麼說來，您也曾幸福過？」我問。
「唉，若能再像那個時候一樣就好嘍！」他回答，「那個時候，我生活得舒服，愉快，自由自在，就跟水中的魚兒似的！」
「亨利希！」這當兒一個老婦人喊著，循著大路走來，「亨利希，你在哪兒？我們到處在找你，快回家吃飯吧！」
「他是您的兒子嗎？」我走過去，問道。
「可不，我可憐的兒子！」她回答，「上帝罰我背了一個沉重的十字架啊！」
「他這個樣子有多久了？」我問。
「像這樣安靜才有半年，」她說，「就連這個樣子也還得感謝上帝呢！以前他一年到頭都大吵大鬧的，只好用鏈子鎖在瘋人院裡。現在他倒不會傷害任何人了，只是一天到晚淨談什麼皇帝和皇后。從前，他可是個安靜善良的人，能供養我，寫得一手好字；後來突然間變得憂鬱起來，接著便發高燒，高燒過後便瘋了；現在便成了您見到的這個樣子。您倒該知道，先生……」
我打斷她滔滔不絕的話頭，問道：

「他說他曾經有過一段時間很自在，很幸福，這指的是一個什麼時候呢？」

「瞧，這可憐的孩子！」她帶著一絲憐憫的微笑，感嘆道，「他指的是他完全瘋了的那段時間，他還常常誇耀它呢！那時，他給關在瘋人院裡，對世事已經是全然不懂了。」

這話於我猶如一聲霹靂，我塞了一枚銀幣在老婦人手裡，便倉皇逃離了她的身邊。

「你那時候是幸福的啊！」我情不自禁地喊著，快步奔回城去，「那時候，你快活得像水中的游魚——天堂裡的上帝，難道你注定人的命運就該如此：他只有在獲得理智以前，或者重新喪失理智之後，才能是幸福的嗎——可憐的人！但我又是多麼羨慕你的神經失常，知覺紊亂啊！你冬天還滿懷著希望到野外來，為你的女王採摘鮮花！你為一朵鮮花也採摘不到而悲傷，你弄不清楚為什麼鮮花竟然沒有長出來。而我呢，從家裡跑出來既無什麼目的，又不抱什麼希望，回家去時依舊腦子空空如也。你幻想著，要是聯省共和國雇用你，你就會成為一個了不起的人。你是個幸福之人，你把自身的不幸歸因於人世的障礙！你不知道，你感覺不出來，你的不幸原本存在於你破碎的心中，存在於你錯亂的頭腦裡；而對於這樣一件不幸的事，世間所有的君王也解救不了你啊！」

一個病人到遠方的聖水泉去求醫，雖則聖水泉反倒加重自己的病，使餘生變得更難以忍受，而誰要是再嘲笑他就不得善終！一個人為擺脫良心的不安和靈魂的痛苦去朝拜聖墓，而誰要是蔑視他就同樣地不得善終！要知道這個朝聖者，他的腳掌在荊棘叢生的道路上踏下的每一步，對他受盡痛苦的靈魂來說都是一滴鎮痛劑；他每堅持朝前走一天，晚上都可以睡得安穩得多——難道你們能把這稱作妄想嗎？你們這些舒舒服服地坐在軟墊子上的清談家——妄想！上帝啊，你看見我的眼淚了吧！你把我們造成夠可憐的了，難道還一定得再添給我們一些同胞兄弟，而讓他們來把我們僅有的一點點安慰，僅有的一點點對於你這博愛者的信任，也統統奪走嗎？要知道我們相信能治百病的仙草，相信葡萄的眼淚❿，也就基於對你的信賴，相信你能賦予我們周圍的一切以治療疾病和減輕痛苦的力量，而我們無時無刻不需要這種力量。我沒有見過面的父親啊，曾幾何時，你使我的心靈那麼充實，如今卻又背過臉去不再理睬我！父親啊，把我召喚到你身邊去吧，別再沉默無語；你的沉默使我這顆焦渴的心再也受不了啦！難道一個人，一個父親，在自己的兒子突然歸來，摟住他的脖子喊叫「我回來了，父親！」的時候，他還能生氣嗎？請別生氣，如果我中斷了人生之旅程，沒有如你所希望那樣苦捱下去。舉世觸目皆是一個模樣；勞勞碌碌，辛辛苦苦，而後才是報酬和歡樂；可這對我又有何意義？我只有跟你同在才感到幸福，而在你面前，不管是吃苦還是享受，我都樂意。我們仁慈的天父，難道你會拋棄這樣一個兒子嗎？

❿ 指葡萄酒。

# 十二月一日

威廉！我在上封信中告訴你的那個人，那個令人羨慕的瘋子，曾當過綠蒂父親的秘書。他對她起了愛慕之心，讓其暗暗滋長，隱藏著，後來終於隱藏不住，因此就丟了差事，發了瘋。請你從這些乾巴巴的字句中體會一下，當阿爾伯特把這件事的經過不動聲色地講給我聽時，我是何等受到震驚的；也許你讀的時候倒能像阿爾伯特一樣無動於衷呢！

# 十二月四日

我求求你……你聽我說吧，我這人完了，再也無法忍受下去了！今天我坐在她房裡……我坐著，她彈著琴，彈了各式各樣的曲子，可是，支支曲子全都勾起了我的心事！全都！全都！……你看怎麼辦……她的小妹妹坐在我的膝上，給她的布娃娃梳裝打扮。熱淚湧進我的眼眶中。我彎下身子，目光落在她的結婚戒指上……淚水簌簌地掉下……這當兒，她突然彈起那支熟悉而美妙的曲子，我的靈魂頓時感到極大的安慰，往事立刻一件件湧上心頭，我回憶起初次聽到這支曲子的美好時光，也想到了後來的暗淡日子，後來所忍受的悲傷和失望，以及……我跳了起來，在房裡來回踱著大步，心頭緊縮得幾乎窒息。

「看在上帝份上，」我嚷道，情緒激動地衝著她跑去，「看在上帝份上，別彈啦！」

她停了下來，怔怔地望著我。「維特，」她笑吟吟地說，這笑直刺進我的心頭，「維特，你病得不輕啊，連自己最心愛的東西也討厭起來了。回去吧，我求你能安靜一下！」

我一下子從她身邊跑開了，並且……上帝啊，你看到了我的痛苦，求你趕快結束它吧！

# 十二月六日

她的倩影四處追逐著我！不論我醒著還是做夢，它都充滿著我整個的心靈！一旦我閉上雙眼，在這兒，在我的視覺神經匯聚的腦子裡，便顯現出她那雙黑色的明眸來。就是在這兒啊！而我卻無法向你表達清楚。可一旦我閉上眼，它們就馬上出現在這兒，橫在我面前，如一片汪洋，似一道深谷，填滿了我的心頭，充塞了我的腦子。

人，這個自吹自擂的半神，他究竟算得了什麼！他不是在正好需要力量的當兒，卻缺少力量嗎？當他在歡樂中向上飛升，或在痛苦中向下沉淪時，他都渴望自己能融匯進無窮的宇宙中去，可偏偏就在這一剎那，他不是又會受到羈絆，重行恢復遲鈍的、冷漠的意識嗎？

# 編者致讀者

我真心實意地希望，我們的朋友在他那意義重大的最後幾天裡，能留下足夠的第一手資料，這樣我就沒有必要插入自己的敘述，從而中斷了他書信的往來。

我竭盡全力從了解他的事蹟的人們口中搜集確切的事實；他的故事很簡單，人們的講法也全都大同小異，只是對那些當事人的思想、性格意見紛紜，莫衷一是。

因此，我們只好把盡力搜集到的事實，認真負責地敘述出來，把死者留下的幾封信穿插其中，他遺留下的筆跡即使是片紙隻字，也不輕易放過；特別是這些人物迥異於常人，要想找出他們的一舉一動的真正動機，確實是極其困難的。

憤懣和憂鬱在維特的心中越來越深地紮下了根，相互交織得越來越緊，漸漸地便控制了他的整個身心。他精神的和諧徹底地被破壞了，內心煩躁得如烈火中燒，震撼著他的整個肌體，產生致命的後果，最後讓他落得個心力交瘁。為了擺脫這苦境，他拚命掙扎，使出了比過去跟種種災難做鬥爭時更大的勁頭。內心的焦慮消耗了餘下的精神力量，他不再是生氣勃勃，聰明機靈，而變成了一個愁眉苦臉的客人，而且他越是不幸，就越是固執己見。至少阿爾伯特的朋友們都是這樣講的；他們認為，綠蒂的丈夫是個正派善良的人，他獲得了一種嚮往已久的幸福，本想把這種幸福保持到將來，但是維特對他的這種做法卻不能做出正確的判斷，因為維特就像個一天便把全部財產花個精光、晚上只好受飢挨餓的人一樣。他們又說，阿爾伯特在這麼短的一段時間裡沒有什麼改變，他依然故我，仍是維特開始時所了解、器重和尊敬的那樣一個人。阿爾伯特愛綠蒂勝過世間的一切，他為她感到自豪，希望別人都讚美她是個最最可愛的女性。如果他不能容忍在他和她之間出現任何猜疑，如果他不樂意跟任何人分享這個寶貝，哪怕以最潔白無邪的方式，哪怕只有一瞬間，難道就因此能責怪他不成？他們承認，當有維特待在他妻子身邊的時候，阿爾伯特常常離開他妻子的房間；但他這樣做倒不是出於對朋友的憤恨和厭惡；而只是因為他感覺到，他在場對維特總是一種壓力。

綠蒂的父親生了病，不能出門；他給她派來一輛馬車，她便乘車到他那裡去了。這是個美麗的冬日，剛下過一場大雪，田野成了白茫茫的一片。

維特次日一早就跟了去，打算在阿爾伯特不來接綠蒂的情況下，自己陪她回來。

晴朗的天氣也很少改變他陰鬱的情緒，他內心總感覺到壓抑難受，老有些可悲的景象縈繞在眼前，腦子裡不斷湧現出一個個痛苦念頭。

正如他始終對自己不滿一樣，他在別人那裡也只看到猜疑和不安了。於是，他認為自己妨礙了阿爾伯特夫婦之間的親密融洽關係，為此他不但狠狠地譴責自己，還暗暗地埋怨身為丈夫的阿爾伯特。

途中，他的思緒不時地轉到這個問題上。

「不！」他懷恨在心地自言自語道，「這算什麼相親相愛，卿卿我我！這算什麼心平氣和，忠貞不渝！哼，這是煩膩和冷漠！不是任何一件無聊的瑣事，都比他珍貴的愛妻更吸引他嗎？他懂得珍惜自己的幸福嗎？他懂得給予她應得的尊重嗎？但是，她卻屬於他，是啊，她卻屬於他……我知道這個，像我還知道別的事情一樣；我已經慣於這樣想：她還會令我發瘋，她還要送掉我的命。而他對我的友誼難道經得起考驗嗎？不，他已將我對綠蒂的眷戀視為對自己權利的侵犯，將我對綠蒂的關心視為對他的無聲的譴責。我感覺到，我清清楚楚地知道，他不樂意看見我，他希望我走開，我待在這兒已令他感到厭煩了。」

維特一次次放慢腳步，一次次停下來，站著發呆，看樣子已打算往回走了。然而，他終究還是繼續往前走，邊走邊思索，邊走邊自言自語，最後像是不由自主地去到了獵莊。

他跨進大門，問起老人和綠蒂，發現屋子裡的人都有些激動。最大的一個男孩告訴他，瓦爾海姆那邊出了事：一個農民給人殺死了——這個消息並沒有引起維特的注意。他走進屋裡，發現綠蒂正在極力勸自己的父親，叫老人不要拖著有病的身子去現場。兇手是誰尚不得而知。有人一早在門口發現了受害者的屍首，估計兇手就是那個寡婦後來雇的長工；她先前雇的那個是在心懷不滿的情況下給攆走的。

維特乍聽之下，馬上跳了起來。

「竟然有這種事！」他叫道，「我得去看看，一秒鐘也不能等了。」

他匆匆忙忙向瓦爾海姆奔去；途中，一樁樁往事又歷歷在目。他絲毫不再懷疑，兇手就是那個多次跟他交談，後來簡直成了他的知己的年輕人。

要走到停放屍首的那家小酒館去，他必須從那幾株菩提樹下經過，這個曾經極為他喜愛的所在如今卻令他震驚；鄰家孩子們往常坐在上面嬉戲的那道門檻，眼下已是血跡斑斑。愛情和忠貞這些人類最好的情操，已經蛻變成暴力和仇殺。高大的菩提樹挺立在那兒，光禿禿的，蓋滿了寒霜；聳出在低矮的教堂墓地圍牆上空的樹籬如今也已凋零，透過樹籬的枝子可以看到白雪覆蓋下的墓碑。

當他走近小酒店的時候，全村人都已聚集在那兒，人叢中突然騰起一陣尖叫聲。人們看見遠遠走來一隊武裝的漢子，便異口同聲驚叫起來：「抓到啦！抓到啦！」——維特也朝那邊望去，頓時便看得一清二楚；是他！兇手就是這個愛那寡婦愛得發狂的青年長工；前不久，他帶著一肚子憤恨，垂頭喪氣地四處徘徊，維特還碰見過他哩！

「你竟然幹出這種事來，不幸的人啊！」維特叫嚷著，向被捕的青年人奔去。

這人呆呆地瞪著他，先是不言不語，末了，卻泰然自若地答道：「誰也別想娶她，她也休想嫁給任何人。」

犯人被押進了小酒店，維特也倉皇離去。

這個可怕、殘酷的事件，大大地震驚了維特，使他的心情完全變了。霎時間，他那悲哀、抑鬱和俯首聽命規規矩矩的想法煙消雲散了，突然為一種不可抗拒的同情心所控制，因而產生了無論如何要挽救那個人的強烈慾望。他覺得他太不幸了，相信他即使成為罪人也仍然是無辜的。他把自己完全擺在他的地位上，確信能說服別人同樣相信他的無辜。他恨不得能立刻替他辯護；他的腦子裡已經裝滿有力的證詞；他急匆匆向獵莊趕去，半途中，就忍不住把準備向法官申述的話低聲講了出來。

他一踏進房間，發現阿爾伯特也在場，他頓時感到一陣茫然；但是他立刻又鎮靜下來，把自己的看法向法官講了出來。雖然維特把一個辯護人所該講的全部講了，而且講得如此情真意切，慷慨激昂，但法官總是搖頭，顯而易見仍然是無動於衷。相反地，法官甚至打斷了我們朋友的申訴，給予激烈的駁斥，責怪他不該袒護一個殺人犯！法官教訓他說，如果依了他的見解，一切法律就形同虛設，國家社會的穩定就無法保障。最後，法官補充道：在這個案子上，他自己除了負起最崇高的職責，一切要按部就班、照章辦事以外，便沒有什麼變通的辦法可言。

維特還是不肯罷休，他又懇求法官，希望他在有人出來協助罪犯逃跑的情況下，能睜一隻眼閉一隻眼！這個請求也遭到法官斷然拒絕。這當兒，阿爾伯特終於插話了，他也站在老頭子一邊，叫維特落得個孤掌難鳴。維特只好懷著難以忍受的痛苦走出房去；在此之前，法官一再告訴他：「不，他沒有救了！」

這句話給予維特多麼沉重的打擊，我們可以從一張顯然是他當天寫的字條看得出來。我們在他的文書中找到了這張字條，那上面寫道——

你沒有救了，不幸的人！我明白，咱們都沒有救了！

阿爾伯特最後當著法官所講的關於罪犯的一席話，更是令維特極為惱怒，他甚至還以為發現了有幾處是對自己含沙射影的地方。因此，儘管他以自己的聰明，經過反覆思考，不至於看不出這兩個人的話有些道理，但他卻不願意承認這一點，在他看來，似乎一承認就意味著他背棄了自己的本性。

從他的文書中，我們還發現另一張字條，也跟這個問題有關，也許它能把維特對阿爾伯特的態度充分揭示給我們吧！

儘管我反反覆覆地告誡自己，對自己講：他是個好人，正派人，可又有什麼用呢！

而我就是討厭見到他，叫我怎麼公正得了啊！

在一個溫和的傍晚，雪已經開始消融了，綠蒂隨阿爾伯特步行回家去。路上，綠蒂不停地回頭，像是在尋找維特作伴似的。於是阿爾伯特開始談起維特來，在指責他的同時，仍不忘對他的品格講了幾句公道話。他順便也涉及了他那不幸的熱情，還說最好是能疏遠他。

「我之所以這麼做，也是為了妳和我著想的，」他說，「另外，我還請求妳，」他接道：「你要設法讓他改變對妳的態度，讓他別老是來看望妳。這太引人注日了；再說，據我了解，到處都有人在講閒話啦！」

綠蒂默不作聲；這沉默似乎觸動了阿爾伯特，至少從此之後，他再也沒對她提起過維特，甚至當她再提到維特時，他也立刻中斷談話，要不就把話題岔開了。

維特為救那個不幸的人所做的努力的失敗，乃是行將熄滅的火苗的最後一次閃動；此後他越發深深地陷入痛苦和無所作為之中。特別是當他聽說，法庭也許會傳他去當證人，證明那至今仍矢口否認自己罪行的青年確實有罪的時候，他更是氣得都快要瘋了。

他在實際生活中遭遇的種種不愉快，在公使館裡所受到的難堪，以及一切的失敗，一切的屈辱，這時統統襲上他的心頭，在他的腦子裡翻騰不止。這一切的一切，都令他覺得自己就活該無所作為。他發現自己是走投無路，連賴以平平庸庸地生活下去的本領都沒有了。結果，他便一任自己古怪的感情、思想以及無休止的渴慕的驅使，一個勁兒跟那位溫柔可愛的女子相交往，毫無目的、毫無希望地耗費自己的精力，既破壞了人家的安寧，又害苦了自己，不可避免地向著那個可悲的結局靠近。

下邊我編進他遺留下來的幾封信。他內心的焦慮，他深沉的熱情，他的無休止的折騰，以及他對人生的厭倦，統統將以這幾封信得到有力的印證。

# 十二月十二日

親愛的威廉，目前我處於一種坐臥不安的狀態中，就像人們說的那種被惡鬼纏身的不幸者一樣。有時，什麼東西壓抑著我：我既非憂慮，也非恐懼，而是一種言語無法表達的內心感覺，它沉重地壓在我的心上，阻礙我的呼吸！難過喲，難過喲！於是，我只好奔出家門，在這有暴風雨季節的夜裡瞎跑一通，並以觀察我周圍的可怕景象為樂。

昨天晚上，我又不得不出去了。其時適逢突然的融雪天氣，人家對我說了河水在泛濫，一條條溪流都在猛漲，直到瓦爾海姆為止，我那心愛的幽谷已整個兒被淹沒了！我在夜裡十一時跑到了那兒。從懸崖頂上望見的景象實在是嚇人：只見月光下狂暴的山洪捲起漩渦，從大山上直衝下來，蓋過了田疇、草場、園籬、樹木和野地裡的一切，把開闊的整個幽谷變成了一個深深的湖泊，在狂風的呼嘯聲中翻騰咆哮！尤其是當月亮從黑壓壓的雲層裡鑽了出來，激流在我的眼前反射著冷峻的清輝，轟轟隆隆而過，那時我感到一陣寒顫，心中冷不防產生了一個就要往下跳的慾望！我面對深淵，張開雙臂，心裡想著：跳下去吧！跳下去吧！要是我能帶著自己的煩惱和痛苦投入這激流，跟著浪濤一同流逝，一了百了，這將是何等痛快喲！唉，我卻抬不起腿來，沒有把一切苦難一下了結的勇氣——我感覺我的時辰還沒有到。威廉啊，我真恨不得跟狂風一塊兒去驅散烏雲，去遏止激流，哪怕為此得付出我的生命！唉，也許就連這樣的一種歡樂也是不容我這個遭囚禁的人享受得到吧？

我用眼睛尋找我那心愛的地點，在那兒的一株老柳樹下，我跟綠蒂經常歇過腳，結果讓我傷心不已：周圍是水汪汪的一片，連老柳樹也幾乎給漫過樹頂了，威廉！「還有她家的那些草地，還有她家周圍的整個地帶！」我想，「由於這場洪水，我們的小亭子這會兒也準會遭殃了吧！」一想到此，一線往昔幸福的陽光射進了我的心田，宛如一個囚徒又夢見了羊群，夢見了昔日舉家的歡樂一般——我站立著，不再罵自己沒有去死的勇氣。我本該……

唉，我現在又坐在這兒，恰似個從籬笆上拾取枯柴和沿門討乞的窮老婆子，苦度歲月，想把淒涼的風燭殘年再苟延片刻。

## 十二月十四日

是怎麼回事，我的摯友？我竟然對自己都害怕起來了！難道我對她的愛，不是最神聖、最純潔、最像兄妹的愛嗎？難道我的靈魂裡曾有過罪惡的慾念嗎？我並不敢否認……而且還有這些夢！啊，人們把內心的種種矛盾歸因於不可戰勝的力量的影響，他們是太正確了！這一夜——講起來我的嘴唇還在哆嗦——這一夜我把她摟在懷裡，緊緊貼在自己的心口上，用千百次的親吻堵住她那說著綿綿情話的嘴；我的目光完全沉溺在她那醉意朦朧的媚眼中！主啊，我在回味這令人消魂的夢境時，心中仍感到幸福，為了這難道我就該受罰嗎？綠蒂啊，綠蒂啊——我已經成了個不可救藥的人！我神志模糊，一個星期以來悵然若失，眼睛裡滿是淚水。我到哪兒去都無所謂了。我再無所希望，也再無所企求。看來我真該去了。

這期間，在上述的情況下，辭世的決心，在維特的腦子裡越來越堅定。自從回到了綠蒂的身邊，他就一直把這看作是最後的避難所和最後的希望；不過他決定，這事不應操之過急，不應草率從事，必須經過深思熟慮，儘可能沉著而又堅定地走這一步。

下面這張在他文稿中發現的紙條，看來是一封準備寫給威廉的信的開頭，上面沒有日期。從這則殘簡中，可以窺見他的猶豫不決和充滿矛盾的心情——

她的存在，她的命運以及她對我命運的關切，還使得我從業已耗盡心血的內心流出最後的幾滴眼淚。

掀起帷幕進去吧！一了百了！幹嘛我還猶豫不決，畏縮不前啊？是因爲不知道幕後的情形嗎？是因爲從此一去便不復返了嗎？也許是因爲我們總是認爲，凡是我們不確切知道的地方，那必定是一片黑暗和混沌吧！

維特終於跟這個陰鬱的念頭一天天親密起來，決心也就更加堅定不移了。

下面這封他寫給友人的意義雙關的信，便可證實這一點。

# 十二月二十日

我感謝你的友情，威廉，感謝你對我那句話能夠理解。是的，你說得對：我真該走了。只是你讓我回到你們那兒去的建議，不完全合乎我的心意；可無論如何我還是想途中兜個圈子到你們那兒去，尤其是天氣還有希望凍結一段時間，眼看著路又會變得好走起來。你要來接我，我當然很高興；只是請你再推遲兩個禮拜，等接到我下一封信和安排再說吧！果子沒有熟，就千萬別摘啊！而兩個禮拜過去，情況就大不相同了。請告訴我母親，希望她替自己的兒子祈禱；希望她能原諒我帶給她的種種不愉快。我本該讓他們快樂，卻使得他們悲傷，這都是命中注定了的。別了，我的摯友！願老天爺多多降福於你！別了！

在這段期間綠蒂的心緒如何，她對自己丈夫的感情如何，我們都不敢亂說；儘管憑著對她的個性的了解，我們對她是甚為清楚，尤其是對一顆純潔的女性的心，更可以設身處地體會出她的感情來。

不過，可以肯定的只是，她已打定了主意，要想一切辦法打發維特離開。如果說她還有所猶豫不決的話，那也是出於對朋友的一片好意和憐憫；她了解，這將令維特多麼難受，簡直就是無法忍受。然而情況越來越逼迫她非認真採取行動不可；她的丈夫壓根兒不再提這事，就像她也一直保持著沉默一樣，而唯其如此，她就感到更有必要用行動向他證明，她並未辜負他的感情。

維特是在聖誕節前的星期天給他的友人寫下上述那封信的，也就是在那一天的晚上他去找綠蒂，恰好正碰上她一個人在家。綠蒂正忙著準備在聖誕節分送給弟妹們的玩具。維特說是小傢伙們收到禮物以後定會高興得什麼似的，並回憶起自己突然站在房門口，看見一棵掛滿蠟燭、糖果和蘋果的漂亮聖誕樹而感到欣喜若狂的那些已往的時刻。

「你也會得到禮物的，」綠蒂說，同時嫣然一笑，藉以掩飾自己的困窘，「你也會得到禮物，條件是你要表現得好；比如得到一支聖誕樹上的蠟燭什麼的。」

「妳說的『表現得好』是什麼意思？」維特嚷起來，「妳要我怎麼樣？妳要我怎麼樣？親愛的綠蒂！」

「禮拜四晚上是聖誕夜，」她說，「到時候我的弟弟妹妹，我的父親都要來這裡，每人都會得到自己的一份禮物。你也來吧，可是在這之前就別再來了。」

維特聽了一怔。

「我求你了，」她又說，「事已至此，我求你為了我的安寧起見，答應我吧；不能，再也不能這樣下去了啊！」

維特背過臉去不看她，自個兒在房裡來回走動，透過牙縫喃喃道：「再也不能這樣下去了！再也不能這樣下去了！」

綠蒂覺察到自己的話，令他變得十分激動，便企圖用種種無關的問題來轉移他的思路，但是這法子沒有用。

「不，綠蒂，」他嚷道，「我再也不會來見妳了！」

「幹嘛呢？」她問，「維特，你可以來看我們，你必須來看我們，只是得理智一點。唉，你幹嘛生就這麼個好衝動的性格，一喜歡什麼就死心塌地迷上了！我求你，」她拉住維特的手繼續說，「放理智一點吧！你的天資，你的學識，你的才能，它們不是可以帶給你各種各樣的喜悅嗎？拿出男子漢的氣概來！別再苦苦戀著一個除去同情你之外，就什麼也不能做的女孩子了。」

維特把牙齒咬得咯咯響，目光陰鬱地瞪著她。綠蒂沒放開他的手，又說：

「你清醒清醒一下吧，維特！你難道感覺不出，你這是在自己欺騙自己，存心把自己毀掉嗎！我擔心，我害怕，正是因為這事不可能實現，才使這個要佔有我的慾望對你變得如此有誘惑力的。」

維特把自己的手從她手裡抽回來，用充滿怒氣的目光盯著她。

「高明！」他大聲道，「太高明了！說不定是阿爾伯特教妳這麼講的吧？妙！太妙了！」

「誰都會這樣講，」綠蒂回答，「難道世間就再沒有一個姑娘合你的心意了嗎？打起精神去尋找吧，我發誓，你一定能找到的；好久以來，為了你，為了我們，我就一直在擔心，總怕你一下子陷在狹小的個人圈子裡而不能自拔啊！快振奮起精神來！去旅行一下，這一定會使你心胸開闊起來。去尋找吧，尋找一個值得你愛的人，然後再回來跟我們團聚，共享真正友情的幸福。」

「妳這一套說法真值得印出來，推薦給所有的家庭教師哩，」維特冷笑一聲說，「親愛的綠蒂！妳讓我安靜一下，一切自會好起來的。」

「只是，維特，聖誕節前你千萬別來啊！」

他正要回答，阿爾伯特卻進屋來了。兩人只冷冷地寒暄了一下，便並排在房間裡踱起步來，氣氛十分尷尬。維特開口講了幾句不關痛癢的話，但很快便沒有詞兒了。阿爾伯特也是一個樣；隨後，他便問自己的妻子，是否已經把某些托付給她的事辦妥；一聽到綠蒂回答還不曾辦妥，便衝著她講了幾句在維特聽來不僅是冷漠，簡直稱得上是粗暴的話。維特想走又不能走，磨磨蹭蹭挨到八點鐘，心裡越來越煩躁，越來越惱火。人家已開始擺晚飯，他才拿起自己的帽子和手杖要走。阿爾伯特請他留下，他只看作是隨便說的客套話，冷冷道過一聲謝，便離開了。

他回到家中，從為他照路的年輕傭人手裡接著蠟燭，走到了臥室裡，一進門便放聲大哭，過不多久又激動地自言自語，繞室狂奔，末了才和衣倒在床上，直到深夜十一點，傭人躡手躡腳地摸進來問少爺要不要脫靴子，這才驚動了他。他讓傭人把靴子脫了，還吩咐傭人明天早上沒有他的叫喚便不要進房裡來。

十二月二十一日的星期一早上，他給綠蒂寫了一封信。他死後，人們才在他的書桌上發現了這封已經用火漆封好的信，於是便送給了綠蒂。從行文本身可以看出，信是斷斷續續地寫成的，我也就依照其本來面目，分段摘引在這裡——

一切都完了，綠蒂，我已決定離開人世了。在將要跟妳做最後一次會面的今天早上，我從容不迫地寫下了這封信，它絲毫沒有浪漫的誇張。我最親愛的，當妳讀到此信的時候，冰冷的黃土已經蓋沒了我這個不安和不幸的人的僵硬軀體。他在自己生命的最後一刻感到，生平最大的快樂莫過於能跟妳再談一談心了。我熬過了一個多麼可怕的夜晚啊；可是，唉，這也是一個稱心遂意的夜晚！是它堅定了我的決心，使我終於決定離開人世！昨天，我忍痛離開妳時，眞是五內俱焚；往事一一湧上心頭，一個冷酷的事實猛地擺在我面前：我生活在妳身邊已是既無希望，也無歡樂了啊……

我一回到自己的房裡來，就瘋了似地跪在地上！上帝啊，求你賜給我最後幾滴苦澀的淚水，讓我用它們來滋潤一下自己的心田吧！在我的腦海裡翻騰著千百種計畫，千百種前景，但最後只形成一個念頭，一個十分堅決、十分肯定的念頭，這就是：我要離開人世！我躺下睡了，今早醒來心情倒平靜，可它卻仍然在那裡，這個活現在我心中的十分強烈的念頭：我要離開人世——這並非絕望，而是信念，我確信自己苦已經受夠，是該為妳犧牲自己的時候了。是的，綠蒂，我為什麼不應該承認呢？我們三人中總得有一個人離去，而這個人就只能是我！啊，親愛的，在我受盡痛苦折磨的心中，確曾隱隱約約地出現過一個殘忍的想法——殺死妳的丈夫……殺死妳……殺死我自己！

啊，讓我們聽天由命吧！當妳在一個美麗夏日的黃昏登上那山崗，可別忘了我啊，別忘了妳看到我常常從幽谷上這兒來迎接妳；然後，妳要眺望那邊公墓裡的我的墳塋，看我墳頭上高高的雜草如何在落日的餘暉中隨風搖曳……

我開始寫此信時心情倒是平靜的；可眼下，一想到這些景象，我又忍不住像個孩子似地哭了。

大約早上十點鐘，維特叫來他的傭人，一邊穿衣一邊對他講，過幾天他要出門去，吩咐傭人把他的衣物刷乾淨，打點好全部行裝。此外，又命令傭人去各處收回各種借款，收回幾冊借給人家的書，還把兩個月的錢做一次提前付給那些他原來按週周濟的窮人。

他吩咐把早飯送到他房裡去。吃完飯，他騎馬去法官家；法官不在家，他便一邊沉思，一邊在花園中踱來踱去，像是要趁這最後的時刻把種種傷心往事一一追憶一遍似的。

可是，小傢伙們卻不讓他安靜一下，他們追隨著他，在他身邊蹦蹦跳跳，搶著告訴他：明天，明天的明天，噢，就是再過一天，他們就可以從綠蒂手裡領到聖誕禮物了！他們向他描述自己的小腦袋瓜所能想像出來的種種奇蹟。

「明天！」維特喊出來，「明天的明天！再過一天！」——隨後，他挨個吻了孩子們，打算要走；這當兒，最小的一個男孩卻要給他說悄悄話。他向維特透露，哥哥們都寫了許多張美麗的賀年片，挺大挺大的，一張給爸爸，一張給阿爾伯特和綠蒂，也有一張給維特先生；只不過要到新年早上才能給他們。維特深為感動，塞給了每個孩子一枚小錢幣，然後才上馬，讓孩子們代他問候他們的父親，便含著熱淚馳去。

將近五點，他回到住所，吩咐女僕去給臥室中的壁爐添足柴，以便火能一直維持到深夜。他還讓傭人把書籍和內衣裝進箱子，把外衣縫進護套。做完這些，他顯然又寫了給綠蒂最後一封信中的下面這個片段——

妳想不到我會來吧！妳以爲我會聽妳的話，直到聖誕節晚上才來看妳，是不是？啊，綠蒂！今日不見就永遠見不著了。到聖誕節晚上妳手裡會捧著這封信，妳的手將會顫抖，妳瑩潔的淚珠將會把信紙打濕。我願意這樣做，我必須這樣做！我決心已定，我心裡多麼坦然自若啊！

綠蒂這時候的心境也十分異乎尋常。最後那次跟維特談話以後她就感到，要她跟他分手會是多麼困難，而維特如果被迫離開了她，也將會是何等痛苦。

她像是無意似地當著阿爾伯特的面講了一句：「維特在聖誕夜之前不會來了。」阿爾伯特於是便騎馬去找住在鄰近的一位官員，跟他了結一些公事，還打算在他家中過夜。

綠蒂獨坐房中，身邊一個弟妹也沒有，寂靜中禁不住心潮起伏，考慮起自己眼前的處境來。她想到自己已終身跟丈夫結合在一起了；她對丈夫的愛情和真誠是深信不疑的，因此她對他也是一片真心；他的穩重可靠彷彿是一種天賜之福，好讓一位賢淑的女子在那上面建立起終身的幸福似的；她還感到，他對她和她的弟妹們真是永遠不可缺少的啊！可同時，維特之於她又是如此可貴，從相識的那一瞬間起，他們倆就顯得情投意合，融洽無間；後來，跟他長時間的交往和許多共同的經歷，都在她心中留下了不可磨滅的印象。她有什麼令她激動的事情或想法，都已習慣於告訴維特；他這一走，必然會給她的整個一生造成永遠無法彌補的缺陷。啊！要是這一下她能把他變成自己的哥哥就好了！這樣她就能把自己的一個女友許配給他，就能恢復他跟阿爾伯特的友好關係！那她該是多麼幸福啊！

她把自己的女友挨個兒想了一遍，發現她們身上都有這樣那樣的缺點，覺得沒有一個是配得上維特的。

這麼考慮來考慮去的結果，雖然她不肯向自己明白承認，卻頭一次從內心深處感覺到了，她心中隱藏著一個秘密的宿願：把維特留給自己。與此同時，她又對自己講，這是不可能的，不允許的。此刻，她純潔、美好、素來總是那麼輕鬆、那麼無憂無慮的心靈，一下子便變得憂傷而沉重起來，失去了對未來幸福的希望。她的心胸感到壓抑，眼睛也讓憂鬱的烏雲給蒙住了。

她這麼一直坐到六點半；突然，她聽到維特上樓來了。她一下子便聽得出是他的腳步聲和他打聽她是否在家的聲音。她的心怦怦狂跳起來；可以說，她在他到來時竟然慌成這個樣子還是第一次。她還來不及叫人推托說她不在家，他就已經進來了；她心慌意亂地衝著他叫了一聲：

「你食言了！」

「我可沒有許下任何諾言啊！」維特回答。

「就算是這樣，你也該聽從我的請求呀，」她反駁道，「為了我們雙方的安寧平靜，我可是求過你的。」

她不清楚自己在說些什麼，也不清楚自己在做些什麼，就糊里糊塗地派人去請她的一些女友來，免得自己單獨跟維特待在一起。他呢，把隨身帶來的幾本書放下，又問起另外幾本書來。這時，綠蒂一會兒盼著她的女友們快點來，一會兒又希望她們可千萬別來。使女進房回話，請的那兩位女友均不能來了。

她想叫使女留在隔壁房裡做針線活；但一轉念又改變了主意。維特在房中踱著方步，她便坐到鋼琴跟前，彈奏起美女艾舞曲來，但總是走調。等維特已在他坐慣了的老式沙發上坐下了，她才定了定神，也若無其事地坐在他身旁。

「你沒有什麼書好唸唸嗎？」她問。

他沒有什麼好唸的。

「那邊，在我的抽屜裡，放著你譯的幾首奧西恩的詩，」她又說，「我還沒有唸它們，一直希望聽你親自來唸，誰知又老找不到機會。」

維特微微一笑，走過去取那幾首詩，可一把它們拿在手中，身上便不由自主地打了個寒顫，低頭看著詩稿，眼裡已噙滿了淚花。他坐了下來，唸道——

薄暮中的孤星啊，你老早就在西天閃耀！從黑壓壓的雲層中露出你明亮的面孔，莊嚴地步向你的山崗。你在這荒原上尋覓什麼呢？那狂風已經停息，從遠方傳來了山洪的轟鳴，喧鬧的驚濤拍擊著岩崖，夜蛾成群嗡嗡地飛過曠野。你在這荒原上尋覓什麼喲，美麗的星辰？瞧你笑盈盈地冉冉行進，歡樂的浪濤簇擁著你，洗濯著你的秀髮。別了，靜寂的光輝。希望你永照人間，你這奧西恩心靈中的光華！

在這光華的照耀下，我看見了逝去的友人，他們在羅拉平原聚會，像在過去的日子裡一樣——芬戈來了，像一根潮濕的霧柱；瞧啊，簇擁在他周圍是他的勇士，還有那些吟遊詩人：白髮蒼蒼的烏林！身軀偉岸的利諾！歌喉迷人的阿爾品！還有妳，自怨自艾的米諾娜——我的朋友們啊，想當年，在塞爾瑪山上，我們競相歌唱，歌聲如春風陣陣飄過山崗，竊竊私語的小草久久把頭低彎；自那時以來，你們可真都變了樣！

這當兒，美麗的米諾娜低著頭走了出來，淚眼汪汪；從山崗那邊不斷刮來的風，吹得她濃密的頭髮輕颺。她放開了委婉的歌喉在低唱，勇士們的心裡更加憂傷，要知道他們已一次次張望過薩格爾的墳頭，一次次張望過白衣女可爾瑪幽暗的住房。可爾瑪形影孤單，甜美的歌聲傳遍山崗；薩格爾答應來卻沒有來，四周已是夜色蒼茫。聽啊，這就是可爾瑪獨坐山崗上發出的歌唱——

## 可爾瑪

夜已來臨！我被遺忘在狂風暴雨交加的山崗上，獨自一人。風在山谷中呼嘯，山洪咆哮著躍下岩頂。可憐我這個被遺忘在狂風暴雨中的女子，卻無處避雨棲身。

月兒啊，從雲層裡鑽出來吧！星星啊，在夜空中閃耀吧！請照亮我的道路，領我去我的愛人打獵後休息的地方，他那鬆了弦的弓就擱在身邊，他的狗群圍著他粗氣直喘。可我只得獨坐雜樹叢生的河畔，激流和風暴喧嘯不已，而我愛人的聲音卻一點兒也不傳到我的耳旁。

我的薩格爾爲何遲遲不來？莫非他已把自己的諾言丟開？這兒就是那岩石，那樹，那湍急的河流！唉，你答應過天一黑就上這兒來！我的薩格爾啊，你可是迷失了路途？我願隨你一起逃走，離開我高傲的父親和兄弟！我們兩個家族世代爲敵，薩格爾啊，我們倆卻絕不會記仇！

風啊，你靜一靜吧！激流啊，你也別轟鳴！讓我的聲音響徹山谷，傳到我那漂泊者的耳際。薩格爾！是我在呼喚你喲，薩格爾！這兒是樹，這兒是那岩石，薩格爾，我的親愛的！我在這兒等了又等，你爲何遲遲不來？

瞧，月亮鑽出了雲層，激流在峽谷中閃射出光輝，山崗上灰色的岩石突兀立起；可山頂卻不見他的身影，也沒有狗群報告他的來歸。我只得孤零零地坐在此地。

可躺在那下邊荒野上的是誰啊，是我的愛人？是我的兄弟——你們說話呀，我的朋友！啊，他們不回答，徒令我心增傷悲——啊，他們的劍上猶有格鬥的斑斑血跡，他們都已戰死！我的兄弟啊，我的兄弟，你爲何殺死了我的薩格爾？我的薩格爾啊，你爲何殺死了我的兄弟？你們兩個都是我的親人喲！一個是千中挑一的山中英豪，一個是戰鬥中所向無敵的哩！回答我，親愛的人，你們可聽得見我的呼喚！唉，他們永遠沉默無言，胸膛已冰涼如泥！

啊，從山頂的巨岩上講話吧，從暴風雨中的山巔講話吧，你們死者的英魂！說說話吧，我是不會害怕的。告訴我，你們將去哪兒棲身？我要在群山中的哪一個岩穴裡才能找到你們——狂風的怒號中，我得不到一聲響應，在暴雨的嘆息裡，我聽不見一點隱約的回音。

我坐在山崗上大放悲聲；我在淚雨淅瀝中等待著黎明。死者的友人們啊，你們掘好個墳塋，但在我到來之前切莫把墳塋蓋上。我怎能留下呢，我的生命已如夢幻般消盡？我願跟我的親人同住這岩石鳴響的溪畔；每當夜色爬上山崗，狂飆掠過曠野，我的靈魂都要立在風中，爲我親人的死哀鳴。獵人在他的小屋中聽見我的泣訴，既恐懼又歡欣；那聲音又怎能不甜蜜，要知道我是在悼念自己親愛的人喲！

溫柔嬌媚的米諾娜，托爾曼的女兒呀，這是妳在歌唱！爲可爾瑪而落淚，我們的心爲她而憂傷。

烏林懷抱豎琴登場，爲我們伴奏阿爾品的歌唱——阿爾品嗓音悅耳，利諾有火一般的心腸。可眼下墳墓成了他們的住所，他們的歌聲已在塞爾瑪絕響。有一次烏林獵罷歸來，還在英雄們未曾戰死的時光。他聽見他們在山上比賽唱歌，歌聲悠揚，但卻令人憂傷。他們悲嘆領袖群倫的英雄穆拉爾的殞落，說他的寶劍厲害如奧斯卡，他的靈魂高尚如芬戈一樣——但他仍然倒下了，他的父親悲痛失聲，他的姐姐淚流不止，強壯的穆拉爾的姐姐米諾娜淚流成行。她一聽到烏林唱歌便躲開了，恰似西天的月亮預見到暴風雨來臨，便將美麗的臉兒向雲層躲藏。我和烏林一同撥響琴弦，伴響利諾悲哀地歌唱。

## 利諾

風雨過後雲霧散，中午晴朗。變幻無常的太陽又映照著山崗。山溪紅光閃閃，穿過峽谷，淙淙潺潺，笑語歡暢。可我聆聽著一個更動人的聲音，那是歌手阿爾品的聲音，他在悼念死者何等悲傷。他哭紅了眼睛，衰老的腦袋低垂在胸膛。阿爾品，傑出的歌手，你爲何獨自來到這無聲的山上？你爲何悲聲不斷，像刮過山林的疾風，像拍擊荒涼海岸的激浪？

## 阿爾品

利諾啊，我的淚爲死者而流，我的歌爲墓中人而唱。你是荒野之子中的英豪，在山崗上你是何等魁梧強壯。但你也將像穆拉爾一樣會戰死，你的墳上也會有人痛哭悲傷。這些山崗將把你忘記，你的弓將掛在山洞的頂端，從此再不把弦張。

穆拉爾啊，你快速得好似野鹿飛奔在山崗，你又狂暴得好似火紅的流星劃過黑魆魆的空間。你的憤怒有如狂風的長嘯，你的寶劍有如荒野裡的閃電在戰鬥中閃亮，你的聲音像雨後的山洪，又像遠方山崗上雷霆震響！多少人曾被你的胳膊打倒，又有多少人曾被你的怒火燒光。但是當你從戰場上歸來，又變成了和藹可親的模樣！你的面容像雨後的太陽，像靜夜的月亮；你的靈魂平靜安詳，有如風住浪息的海洋！

如今，狹隘、黑暗的是你的住處，你的墓穴長不過三步，而你當初卻是多麼偉大，如今豈可同日而語！四塊頂上長滿青苔的石板砌成你唯一的紀念碑，還有無葉的孤樹一株。一莖長草在風中向獵人低訴，這兒就是偉大的穆拉爾的墳堆！沒有母親來爲你哭泣，沒有情人來爲你灑下愛情之淚。生育你的媽媽早已亡故，莫格蘭的女兒也已離開了寰宇。

那扶杖走來的人是誰呀？他已衰老得頭上白髮蒼蒼，紅腫的眼睛淚水涔涔，他每走一步都戰戰兢兢！他是誰呀？是莫拉爾！他就是你的父親，只有你一個獨生子的父親！他聽到你在戰場上威風凜凜，他聽到你把敵人打得四處逃奔，他聽到人們把莫拉爾的功勛傳頌，唉，爲什麼他卻沒有聽到這傷心的凶訊？哭吧，莫拉爾的父親呀，哭吧！但你的兒子已聽不見你的嗚咽。死者已沉沉地睡去，他的枕頭上已落滿了灰塵。他再也聽不見你的聲音，你的哭聲再不能把他喚醒。墳墓中何時才會有黎明能使死去了的人甦醒？安息吧，人間是最高貴的人呀，你是戰場上的征服者，但是戰場上永遠再見不到你的身影；你那寒光閃閃的利劍，再也不會照亮幽暗的森林。你沒有留下一個兒子繼承偉業，但詩歌會把你的姓名流傳。千秋萬代將會聽到你，聽到捐軀沙場的莫拉爾的英名！

英雄們個個放聲痛哭，最最傷心的要數阿明。他悼念他的亡兒，痛惜他風華正茂就喪失了生命。轟動一時的格馬爾的君王莫拉爾正坐在老英雄身邊，問：「阿明啊，你爲何痛哭流涕？是什麼叫你大放悲聲？且聽這聲聲弦歌，正是爲安慰那逝去了的英靈！它好似湖上升起的薄霧，輕輕兒飄進幽谷，把盛開的花朵滋潤；可一旦烈日高照，這霧啊也就消散得無蹤無影。你爲何悲慟傷心啊，阿明，你這島國哥爾馬的首領？」

悲慟傷心！可不是嗎，我悲痛的原因實在不輕。卡莫爾啊，你沒有失去兒子，你美麗的女兒依舊笑語盈盈；勇敢的哥爾格還在步你的後塵。天底下最美麗的姑娘安妮拉還侍奉著你，卡莫爾呀，你的家族枝繁葉茂，可我的家族卻隨阿明的身亡而後繼無人。陶拉啊，你的床頭如此昏暗，你在墓穴中深深長眠。什麼時候你才會醒來，唱起你的歌，歌喉還是那樣甜美，那樣圓潤？刮吧，秋風，刮過這黑暗的原野！怒吼吧，狂飆，讓橡樹的頂梢響個不停！明月啊，請你從破碎的烏雲後鑽出來，讓我把你蒼白的臉兒看清！你們都來幫我回憶吧，回憶我失去兒女的殘酷的夜晚；那一夜，勇猛的阿林達爾死了，陶拉，我親愛的女兒，她也未得生還。

陶拉，我的女兒，妳曾是多麼美麗動人！妳像掛在弗拉山上的皓月一樣嬌美，像從天空飄下來的雪花一樣潔淨，更像微風的吹拂一樣溫馨！阿林達爾，你的弓弩強勁，你的標槍快捷準確，你的目光有如浪尖上明淨的迷霧，你的盾牌閃爍有如暴風雨裡的電閃雷鳴！

戰爭中遐邇聞名的阿瑪爾來向陶拉求親；他很快便贏得了她的愛情。朋友們也都預祝他們倆一個美滿的前程。

奧德戈的兒子埃拉德怒不可遏，他的弟弟曾在阿瑪爾的劍下送了命。他喬裝成一名船夫，駕來一葉輕舟，鬈髮已經雪白，臉色卻十分鎮靜。他說：「阿明的可愛的女兒，美麗絕倫的女人！在離岸不遠的海中有一座岩石，岩石旁長著一棵果樹，它紅艷艷的果實照躍著近鄰！阿瑪爾正在那裡等待妳，陶拉。正是他派我來接他的愛人，帶她越過海洋，那兒波濤在翻滾。」

陶拉跟著埃拉德上了船，口裡把阿瑪爾呼喚不停；可她除了山崖的鳴響，就再也聽不到任何回應。「阿瑪爾！我的親人，我的愛人！你幹嘛要折磨我，把我弄得膽戰心驚？回答我吧，回答我吧，阿納茲的兒子，這是我陶拉呼喚你的心聲！」

埃拉德這個騙子，他狂笑著往陸地上逃遁。陶拉提高了嗓音拚命地喊她的哥哥和父親：「阿林達爾！阿明！難道你們誰也不來救救你們的陶拉脫離這險境？」

她的呼救聲傳過了海洋。阿林達爾，我的兒子，他奔下山崗，勇猛地追捕凶犯。他手握強弓，箭就在他的腰間作響，五條灰黑的獵犬緊跟在他身旁。他看見岸邊窮凶極惡的埃德拉，一把便捉住了他，把他縛在橡樹上。用繩子捆緊他的手腳，他的呻吟聲就隨風飄蕩。

阿林達爾駕著小船駛進了海洋。要把陶拉救回到陸地上。但阿瑪爾怒氣沖沖地趕來了，他射出了他的灰翎利箭。箭嗖地一聲響，阿林達爾，我的兒呀，它射進了你的心房。你竟然代替埃德拉去迎接死亡！船被刮近岩石便停下，他倒在岩石上喘息著離開了人間。陶拉呀，妳哥哥的鮮血就在你的腳邊流淌，妳也是說不出地悲傷！

這當兒巨浪把小船劈成了兩半，阿瑪爾縱身跳入了大海，不知是爲塔救他的陶拉，還是自尋短見。霎時間，狂風從山上刮下，掀起滾滾惡浪，阿瑪爾沉入海底，再也沒有浮出海面。

我的女兒被孤零零地遺棄在風吹浪打的岩石上，傳來她不停的哀號，陣陣悲泣，聲聲呼叫。她的父親又有什麼辦法呀？我徹夜聽得見她的哀號，伴隨著狂風的呼嘯，驟雨在岩石上亂敲。黎明還沒有來到，她的喊聲就微弱了。陶拉也消失了，像晚風鑽進了岩石間的莠草。她受盡了痛苦而與世長辭，只好把孤苦伶仃的阿明我輕拋。長逝了我那沙場上的英豪，長逝了我那女性中的驕傲！

每當山頭風雨交加，北風捲起狂瀾，我就坐在發出轟響的岸邊，遙望那可怕的巨岩。西沉的月亮常常映出我孩兒們的幽魂。他們倆時隱時現，飄飄渺渺，哀傷而和睦地攜手同行……

綠蒂淚如泉湧，她心裡感覺輕鬆了一些，維特卻再也唸不下去了。他丟下詩稿，抓住綠蒂的手，失聲痛哭。綠蒂的頭倚在另一隻手上，用手絹搗住了眼睛。他們倆的情緒都十分激動。從詩歌裡那些人物的遭遇中，他們都體會到了自身的不幸。這相同的感觸和匯合在一起的淚水，使他們倆靠得更緊了。維特的嘴唇和眼睛灼熱了綠蒂的手臂。她感到了一陣害怕，她想要離開；可是，悲痛的憐憫卻使她動彈不得，她的手和腳重得如同鉛塊。緊接著她控制住自己的情緒，哽咽著，極其懇切地求他繼續唸下去。維特渾身哆嗦，心都要碎了。

他拾起詩稿，用抽噎的聲音唸道——

春風啊，你爲何又把我喚醒？你輕輕撫摸著我的身子回答：「我要用上蒼的甘露把你來滋潤！」可是啊，我的衰期已逼近，風暴即將襲來，刮得我枝葉飄零！明天，有位旅人將要到來，他見過我的美好青春；他的目光會在曠野裡四處搜尋，卻再也找不到我的蹤影……

這幾句詩的魔力，一下子攫住了這不幸的青年。他完全絕望了，跪倒在綠蒂的腳下，抓住她的雙手，把它們按在自己的眼睛上，按在自己的額頭上。綠蒂的心中掠過一個維特會做出什麼可怕的事情來的預感。她頓時心亂如麻，緊握他的雙手，把它們按在自己的胸口上，在一陣感情的衝動之下對他俯下身子，於是兩人灼熱的臉頰便依偎在一起。這一下世界對於他們已不復存在了。他用胳膊摟住她的身子，把她緊緊抱在懷裡，同時狂吻起她顫抖地囁嚅的嘴唇來。「維特！」她聲音窒息地喊道，極力背過臉去。「維特！」她用軟弱無力的纖手把他從自己的胸脯上推開。「維特！」她又喊了一聲，聲調堅定而莊重。

維特不再為難她，從懷裡放開她，瘋了似地跪倒在她的腳下。她站了起來，對他既愛又惱，身子不停地哆嗦，心情混亂極了，只說：「這是最後一次了，維特！你再也別想見到我了！」說完，又向這個可憐的人投去深情的一瞥，便逃進隔壁的房中，把門鎖上了。維特曾向她伸出手去，但卻不敢抓住她。隨後他仰臥在地上，頭枕沙發，一動也不動地待了半個多小時，直到一個響聲使他驚醒了過來。這是使女來擺晚飯了。他在房中來回踱著，等房中只剩下他一個人時，才走到隔壁房間的門前，輕聲喚道：

「綠蒂！綠蒂！只消再說一句話！一句臨別的話！」

綠蒂不作聲。他等待著，請求著，再等待著；最後才萬般無奈地離開，離開前大聲喊道：

「別了，綠蒂！永別了！」

他來到城門口。早已認識他的守門人什麼也不盤問便放他出了城。那夜雨雪交加；直到深夜十二點，他才重叩家門。維特進屋時，僕人發現主人頭上的帽子不見了。但僕人不敢吭聲，只侍候主人脫下已經濕透的衣服。事後，在臨著深谷的懸崖上，人家撿到了他的帽子。叫人弄不明白的是，他怎能在漆黑的雨夜摸上了懸崖，竟然沒有失足摔下去。

他上了床，睡了很久很久。翌日清晨，傭人聽他一叫喚便送咖啡進去，發現他正在寫信。他在致綠蒂的信上又添了下面一段話——

是最後一次了，最後一次我又睜開了這雙眼睛。唉，它們已注定再也見不到太陽，它已永遠被一個暗淡無光、霧靄迷朦的長晝給蓋住了！哀悼吧，大自然！你的兒子，你的朋友，你所愛的人，就要結束他的生命了。綠蒂啊，當一個人不得不對自己說：「這是我最後的一個早晨了！」當時，他心中便會湧現一種無可比擬，卻最接近於朦朧的夢幻的感覺。最後的一個早晨！綠蒂啊，我眞是絲毫不理解這「最後的一個早晨」的含義啊！難道此時此刻，我不是還身強力壯地站在這兒嗎？可明天我就要身臥黃土，了無生氣了啊！死！死意味著什麼？妳瞧，當我們談到死時，我們就像是在做夢。我曾目睹一些人怎樣死去；然而人類生來就有很大的局限性，他們對於自己生命的開端和結束，從來都是無法弄明白的。眼下我還是我的，或者不如說是妳的！是啊，是妳的，親愛的！可再過片刻……分別，離別……說不定就是永訣了啊……不，綠蒂，不……我怎麼能消逝呢？妳又怎麼能消逝呢？我們不是都還存在著嗎……消逝……這又有何意義？還不只是一個詞兒！一個毫無意義的聲音！我才沒有心思管它哩……死，綠蒂，被埋在冰冷的黃土裡，那麼狹窄，那麼黑暗……我有過一個女友，在我無以自立的少年時代，她乃是我的一切。她後來死了，我伴送她的遺體去到她的墓穴旁，親眼看見人家把她的棺木放下坑去，抽出棺下的繩子並且扯上來，然後便開始填土。土塊落在那可怕的棺材上，咚咚直響；響聲越來越低沉，最後整個墓坑都給填滿了！這當兒我忍不住猛一下撲到墓前……心痛欲裂，號啕悲慟，震驚恐懼到了極點；儘管如此，我卻不明白究竟出了什麼事，還會出什麼事……死亡！墳墓！這些詞兒我眞是都不理解啊！

啊，原諒我！原諒我！原諒我昨天做的事！那會兒我眞想死了才好哩。我的天使喲！第一次，破天荒第一次，在我內心深處確鑿無疑地湧現了令我熱心沸騰的幸福感覺：她愛我！她愛我！此刻，從她的芳唇傳過來的聖潔的烈火還在我的嘴唇上燃燒著，使我的心中充溢著神秘莫測的溫馨和喜悅。原諒我吧！原諒我吧！

唉，我早就知道妳在愛我，從一開始妳對我脈脈含情的顧盼中，從我們倆第一次的握手中，我就知道妳在愛我；可後來，當我離開妳，並看見阿爾伯特待在妳身邊時，我會受到痛苦疑慮的煎熬，我就又感到絕望了。

妳還記得妳送給我的那些花嗎？在那次令人心煩的聚會中，妳不能跟我交談，不能跟我握手，於是便送了那些花給我；我在它們面前跪了半夜，要知道它們就是妳對我的愛的信物啊！可是，唉，這些印象不久便淡漠了，正如一個在受領了上帝慷慨的恩賜以後內心無比幸福的基督徒，其幸福感也會漸漸從他的心中消失一般。

一切都會須臾即逝啊；唯有我昨天從妳芳唇上啜飲的生命之火永不會消逝，眼下我還感覺到它們在我體內燃燒。她愛我！我這條胳膊曾經摟抱過她，我這嘴唇曾在她的芳唇上顫抖過，我這口曾在她的口邊低語過。她是我的——妳是我的！是啊，綠蒂，妳永生永世都是我的！

就算阿爾伯特是妳的丈夫，這又怎麼樣呢？哼，丈夫！這是對這個世界而言的。難道我愛妳，想把妳從他的懷抱中奪到我的懷抱中來，對這個世界說來就是罪孽嗎？罪孽！好，爲此我情願受罰；但我已嘗到了這個罪孽的全部甘美的滋味，已把生命的玉液瓊漿和力量吸進了我的心裡。從這一刻起妳便是我的了！是我的了，啊，綠蒂！我要先去啦，去見我的天父，妳的天父！我將向祂訴我的不幸，祂定會安慰我，直至妳到來；到那時候，我會奔向妳，擁抱妳，將當著無所不在的上帝的面，永生永世跟妳擁抱在一起。

我不是在做夢，不是在說夢話！在臨近死亡的時刻，我的心中豁亮了。我們不會消失，我們會再見的！我們將見到妳的母親！我會見到她，會認出她來，啊，我要在她面前傾訴我的衷腸！因爲妳的母親就等於是妳本人呀！

將近十一點鐘時，維特問他的傭人，阿爾伯特是否已回來了。傭人回答是的，他已看到阿爾伯特騎著馬跑過去了。隨後，維特便遞給他一封沒有封口的短簡，內容是——

我擬外出旅行，把你的手槍借我路上一用好嗎？謹祝健康如意！

可愛的綠蒂這個晚上通宵沒有睡好；她所擔驚受怕的事情終於被證實了，以她不曾料到、無法迴避的方式被證實了。她那一向流得均勻、平靜的血液，如今卻沸騰起來，百感交集，把她的芳心給攪亂了。這是維特在擁抱她時傳給她的情火尚在她胸中燃燒呢，抑或是維特的大膽放肆惹得她生氣？還是她把自己眼前的處境，跟過去那天真無邪、無憂無慮、充滿自信的日子相比較，因而產生了憤懣？叫她怎麼去見自己的丈夫？叫她怎樣向他說清楚那一幕啊——那一幕她本來也沒有什麼好隱瞞的，可是她到底沒有這個勇氣。他們倆久久地相對無言；難道非得她首先打破沉默，向自己丈夫交待那一意外事件不可，在這個很不恰當的時候？她擔心，僅僅一提起維特來過這裡，就會給丈夫造成不愉快，更何況那意想不到的災難！她未必能希望丈夫完全明智地看待這件事，而絲毫不帶一點成見吧？她未必能希望丈夫真正明辨她的心跡吧？然而，另一方面，她又怎麼可以欺騙自己的丈夫呢？要知道，在他的面前，她從來都是像水晶般純潔透明，從來未曾隱瞞，也不會隱瞞自己的任何感情。她左思右想，都覺得不妥，感到很是為難。與此同時，她的思想還一再轉到如今已快失去的維特的身上；她丟不開他；而維特沒有了她，便徹底完了。

她當時自己也說不清楚，他們夫妻之間出現的僵局是多沉重地壓在她的心頭上。這兩個本來都通情達理、善良的人，竟然由於一些難言的分歧而相對無言，各人都自以為是，情況便越弄越複雜，越弄越糟糕，以至於到頭來變成一個無法解開的死結。倘若他們倆能早一些開誠佈公講清楚，倘若他們倆之間互愛互諒的關係能早一些恢復，心胸得以開闊起來，那麼，在此千鈞一髮的關頭，我們的朋友也許還能有救。

此外，還有一個特別的情況也值得提提。我們已經從維特的信中知道，對於自己十分渴望離開這個世界他是毫不諱言的。阿爾伯特常常就這個問題跟他爭論，並且在他們夫婦之間也不時談起。阿爾伯特對自殺行為一貫深惡痛絕，還不止一次甚至一反常態地激烈表示，他有充足的理由懷疑維特真有這個打算，並且還拿這事開過他幾回玩笑，也把自己的懷疑告訴過綠蒂。這事既令綠蒂在想到那可能的悲劇時更加不安，又令她難以啟齒對丈夫說出眼下苦惱著她的憂慮。

阿爾伯特回到家來，綠蒂急忙迎上去，神色頗有些窘；他呢，事情辦得不順手，碰上鄰近的那官員是個不通情理的小氣鬼，心裡很不痛快，加之道路很難走，更使他窩了一肚子氣。

他問他不在家時家裡是不是出了什麼事；綠蒂慌慌張張地回答：「維特昨晚上來啦！」他問有無信件，綠蒂說一封信和幾個包裹已放在他房中。他回到自己的房裡去，又只剩下綠蒂一個人。她所熱愛和敬重的丈夫的歸來，在她的心中喚起了一種新的情緒。回想起他的高尚、他的熱戀和善良，綠蒂的心便平靜多了。她感到有一股神秘的吸引力，使她身不由己地要跟著他去，於是便拿起針線，像往常一樣跨進了他的房間。她發現阿爾伯特正忙著拆包裹和讀信；看來信的內容令人頗為掃興。她問了丈夫幾句話，他都回答得很簡單，隨即就坐在書桌前寫起信來。

夫婦倆這樣在一道待了個把鐘頭，綠蒂的心中越來越陰鬱。她這會兒才感到，即使在丈夫的情緒挺好的時候，也難於把這壓在心頭上的事向他剖白啊！

綠蒂墮入了深沉的悲哀之中。與此同時，她既要竭力將自己的悲哀隱藏起來，又要把眼淚吞回肚子裡去，這就令她加倍難受。

維特的傭人一來，更弄得她十分狼狽。傭人把維特的便條交給阿爾伯特，他讀了便漫不經心地轉過頭來對綠蒂說道：

「把手槍給他。」隨即對維特的傭人說，「我祝他旅途愉快。」

這話在綠蒂聽來猶如晴天霹靂。她搖搖晃晃地站起來，昏昏然不知自己在幹什麼。她慢吞吞地踱到牆邊，戰戰兢兢地取下槍，擦去槍上的灰塵，遲疑半晌沒有交出去；要不是阿爾伯特那詢問的目光催逼著她，她必定會拖延下去。她把那不祥之物交給了傭人，卻一句話也講不出來。傭人離開了，她才收拾起自己的活計，返回自己房中，心裡卻七上八下，說不出有多麼憂慮。她已預感到了一場可怕的災難。有那麼一陣子，她真想跪倒在丈夫的腳下，把一切都和盤托出，招認昨天晚上發生的事，招認她的過錯以及她預感；可是，一下子她又覺得這樣做不會有好結果，她肯定是無法指望說服丈夫去維特那兒的。這時晚飯已經擺好了；她的一個好朋友來向她打聽什麼事，原打算馬上走的，結果卻留了下來，使席間的氣氛變得輕鬆了一些。綠蒂也只好克制自己的感情，大伙兒談談講講，不知不覺地把一切忘掉了。

傭人拿著槍走進了維特的房間；一聽說槍是綠蒂親手交給他的，維特便懷著狂喜，一下子把手槍奪了過去。他吩咐給他送來了麵包和酒，打發傭人去用餐，自己卻寫起信來——

手槍經過了妳的手，妳還擦去了那上面的灰塵；我千百次地把它們吻了又吻，因爲妳曾接觸過它們。蒼天啊，妳成全了我的決心！綠蒂呀，是妳把槍交給了我；我曾經渴望從妳的手中接受死亡，如今我如願以償了！唔，我盤問過我那小伙子；當妳把槍交給他時，妳的手在顫抖，而妳連一句「再見」都沒有講——可悲，我是多麼可悲！妳連一句「再見」都不屑對我講啊！難道由於那個把我跟妳永遠聯結了起來的一瞬間，妳就把我從你的心中一筆抹殺了嗎？綠蒂啊，哪怕再過一千年，也不會把我對那一瞬間的印象磨滅掉！我感覺到，妳是不可能恨一個如此熱戀著妳的人的。

午飯後，維特叫傭人把行李全部捆好，自己撕毀了許多信函，再出去清理了幾樁債務。事畢回到家來，過不多久又冒雨跑出門去，走進已故伯爵的花園，在這廢園中轉來轉去，直到了夜幕降臨才回家來寫信——

威廉，我已最後一次去看了田野，看了森林，還有天空。你也多多珍重吧！親愛的母親，請寬恕我了！威廉，請替我好好安慰她啊！願上帝保佑你們！我的事情全都已辦妥。別了！我們會在新的極樂世界裡再見面的。

我對你以怨報德，阿爾伯特，請寬恕我吧！我破壞了你家庭的和睦，造成了你們倆之間的猜忌。如今我自願了結這一切。別了，但願我的死能帶給你們幸福！阿爾伯特，阿爾伯特，使這天使般的人幸福吧！願上帝永遠降福予你！

晚上他又在自己的文書中翻了很久，其中許多都被撕碎和燒毀了。然後，他在幾個寫著威廉地址的包裹上打好漆封。包內是些記載著他的零星雜感的短文，我過去也曾見過其中幾篇。十點鐘的時候，他叫傭人給壁爐添了柴，送來一瓶酒，隨即便打發小伙子去睡覺。這傭人的臥室也像其他傭人的臥室一樣在離得很遠的後院，小伙子一回去便和衣倒在床上睡了，以便第二天一大早就去伺候主人上路；他的主人講過，明天六點半以前郵車就會駛到門前來。

# 夜裡十一點過後

周圍萬籟俱寂，我心裡也同樣寧靜。上帝呀，我感謝你在這人生的最後時刻賜給我如此多的勇氣和力量。

我走到窗前，仰望夜空。我親愛的人啊，透過洶湧的、疾馳過我頭頂上空的烏雲，我仍看見茫茫的夜空中有些孤獨的星辰！不，你們不會殞落！永恒的主宰在他的心中庇佑著你們，庇佑著我。我看見了北斗星，它是我最心愛的星辰，每當我晚上離開了妳，每當我跨出你家的大門，它總是高懸在我的頭上。望著它，我常常是如醉如痴啊！我向它舉起雙手，把它看成是我眼前幸福的神聖象徵和吉兆！還有那……啊，綠蒂，還有什麼東西不會叫我想起妳呢？在我周圍無處沒有妳！不是嗎，我不是像個小孩子似的，把妳神聖的手指碰過的一切小玩藝兒都珍藏起來嗎？

這張可愛的剪影畫，我把它遺贈給妳，綠蒂！請妳珍惜它吧，我在它上面吻過何止千次。每逢出門或回家來，我都要向它揮手告別或者致意。

我給妳父親留下了一張字條，請他保護我的遺體。在公墓後面朝向田野的一角，長著兩株菩提樹的地方，我真希望安息在那裡。妳父親能夠，也必定會為他的朋友幫這個忙的。希望妳也替我懇求他一下。不過，我並不強求虔誠的基督教徒把自己的軀體葬在我這個可憐的不幸者的旁邊❶。唉，我希望你們把我葬在路旁，或者葬在幽寂的山谷中，好讓祭師和輔祭能畫著十字在我的墓碑前匆匆走過，讓撒馬利亞人❷能為我灑下幾滴眼淚。

時候已到，綠蒂！我捏住這冰冷的、可怕的槍柄，心中毫不畏懼，恰似端起一個酒杯，從這杯中我將把致命的佳釀痛飲！正是妳把它親自交給了我，我還有什麼好猶豫的。一切的一切，我生活中的一切願望和夢想，都因此可以了卻了！此刻，我可以冷靜地、無動於衷地，去叩開冥府的鐵門了。

綠蒂啊，只要能為妳而死，能為妳獻身，我就是幸福的！只要我的死能重新給妳的生活帶來寧靜，帶來歡樂，我便願意勇敢地、愉快地去迎接死亡。可是，唉，古往今來，只有為數極少高尚之人肯為自己的親友灑盡熱血，能用自己的死鼓起他們新的、千百倍的生之勇氣。

綠蒂呀！我就希望穿著這一身衣服下葬，因為妳曾經接觸過它們，使它們變得神聖了。為了此事我也請求過妳父親了。我的夢魂將縈繞在靈柩上。請別讓人翻我的衣袋。這個淡紅色的蝴蝶結兒，是我第一次在妳弟妹中間見到你時，妳曾佩帶在胸前的……啊，替我多多地吻孩子們，給

---

❶ 按基督教教規，自殺是叛教（違背教義）之舉，自殺者不能葬入公墓。

❷ 撒馬利亞人是指救死扶傷者，典出《新約・路加福音》第十章。

他們講講他們可憐的朋友的不幸遭遇吧。可愛的孩子們啊！眼下我好像還看到他們在我身邊嬉戲哩！唉，我是多麼地依戀妳呀！自從跟妳一見面，我就再也離不開妳了！……這個蝴蝶結兒，我真希望它能跟我葬在一起。它還是妳在我過生日那天送給我的！我當時如飢似渴地接受了妳的一切！真沒想到，唉，竟然會引出這樣的結局來……放鎮靜一點！我求妳，放鎮靜點吧……

子彈已經裝好……鐘正敲十二點！就這樣一了百了吧……

綠蒂，綠蒂！永別了啊，永別了！

有位鄰居看見火光閃了一下，接著又聽見了一聲槍響，但隨後一切又歸於寂靜無聲。於是，他便沒有再留意。

第二天早上六點，傭人端著燈走進房來，發現維特躺在地上，身旁是手槍和血。他喚他，扶他坐起來；維特一聲不答，只是還在喘氣。傭人跑去請大夫，又去通知阿爾伯特。綠蒂聽見門鈴響，頓時渾身顫抖。她叫醒丈夫，兩人一同起來；維特的年輕傭人哭喊著，結巴著，報告了凶信。綠蒂一聽便昏倒在阿爾伯特跟前。

等大夫趕到出事地點，發現躺在地上的維特已經沒救了，脈搏倒還在跳，可四肢已經不能動彈了。維特對準右眼上方的額頭開了一槍，腦漿都迸出來了。大夫不必要地割開他胳膊上的一條動脈，血流了出來，可他仍舊在喘氣。

從靠椅扶手的血跡可斷定，他是坐在書桌前完全此鹵莽舉動的，隨後便倒到地上，圍著椅子打滾。最後，他仰臥著，面對窗戶，再也沒有動彈的氣力了。此刻，他仍穿的是那套他心愛的服裝——長統皮靴，青色燕尾服，再配上黃色的背心。

同屋的人、左鄰右舍以及全城鎮居民都驚動了。阿爾伯特走進房來，維特已被眾人放到床上，額頭給紮上了繃帶，臉色已成死灰，四肢一動也不動。只有肺部還在發出可怕的嘶啞聲，時輕時重，大家都盼著他快點斷氣。

昨夜要的一瓶酒他只喝了一杯。書桌上攤開著一本《艾米莉亞・迦洛蒂》❸。

關於阿爾伯特的震驚和綠蒂的悲慟，就不消我多說了。

老法官聞訊便策馬疾馳而來，老淚縱橫地親吻垂死的維特。他的幾個大一點的兒子也接踵而至，一齊跪倒在床前，放聲大哭，吻了吻他的手，吻了吻他的嘴。尤其是平日最得維特寵愛的老

---

❸《艾米莉亞・迦洛蒂》是德國偉大作家萊辛的著名抗暴悲劇。女主人公的父親是位軍官，他為了不讓女兒被暴君玷污，而親手殺死了自己的女兒。

大，更是一直吻著他，直至他斷了氣，這時人家才能把這孩子給強行拖開。維特斷氣的時候是正午十二點。由於法官親臨現場並做過佈置，才防止了市民蜂擁而至。當晚十一點不到，他便吩咐大伙把維特安葬在他事先自選好了的地點。老人領著兒子們給維特送葬；阿爾伯特沒能來，因為綠蒂的生命叫他擔憂。幾名手工匠人抬著維特的靈柩，卻沒有任何一個牧師來陪送他。

歌德與
《少年維特的煩惱》
D. Maclise, R.A.
T. Land

約翰・沃爾夫岡・歌德（一七四九～一八三二），德國傑出的詩人、作家、學者和思想家，歷經長達六十餘年的辛勤勞動，給德國和全人類留下了一筆豐富多采、光輝燦爛的精神財富。他對德國和全人類文化的發展的貢獻極大，馬克思讚他為「最偉大的德國人」，恩格斯稱他「在自己領域裡是真正的奧林帕斯山上的宙斯」，當今世人把他看作繼但丁和莎士比亞之後近代西方精神文明最卓越的代表；他的主要作品詩劇《浮士德》，被視為歐洲自文藝復興以來三百年歷史的總結，人類的自強不息精神和光輝未來的壯麗頌歌。可是，在他生前，歌德之為歌德，他之所以享譽世界，卻並非因為已出版的《浮士德》第一部或類似《威廉・邁斯特》的其他長篇巨著，而主要是由於那本他在年輕時寫的薄薄的「小書」——《少年維特的煩惱》（簡稱《維特》）。

《維特》不僅在歌德眾多的著作中佔著突出地位，而且跟他本人的一個重要發展階段有著密切關係。晚年，歌德在其回憶青年時代的生活的自傳《詩與真實》中說過，他的作品「僅僅是一篇巨大的自白中的一個個片段」。《維特》無疑又是這些「片段」中最富有深刻意義的一個，它直接反映著青年歌德的生活經歷，字裡行間無處不打下了他思想感情的烙印。

歌德生長有仍處於封建割據狀態、政治和經濟都很落後的德國。他的故鄉萊因河畔的法蘭克福，是一個享有獨立地位的所謂帝國京城，商業比較發達，卻仍保留著中世紀森嚴的等級制和其他陳規陋習。其父卡斯帕爾・歌德是城裡一位富裕市民，儘管廣有家財，學識淵博，獲得過法學博士學位，但還是遭到處於支配地位的貴族的蔑視，欲在不領薪俸的條件下謀個市政府的官職而不可得。一氣之下，他便花錢從帝國皇帝卡爾七世處買了一個皇家顧問的空頭銜，而終身被迫賦閑在家，只好借收藏書畫和用義大利文撰寫早年去義大利的遊記消磨時日。他三十九歲時才跟家境貧寒的市長的女兒結了婚，此後便更多地把精力傾注在比自己年輕的妻子身上和子女的教育上。這樣的家庭出身，一方面使歌德享受到良好的教育，能夠過一種無生活壓力的悠閑歲月，另一方面也讓他潛移默化地感染到對於封建等級制度和腐敗的貴族社會的厭惡情緒。

十六歲時，歌德被送往萊比錫大學學習法律，三年後因病輟學。在家休養一年半以後，又於一七七〇年四月到斯特拉斯堡繼續學習。斯特拉斯堡地處德法邊境，受法國啟蒙運動新思潮的影響很深，是德國不滿現狀的作家、學者和市民青年薈萃之地。歌德像在萊比錫時一樣未把心思放在學業上，而是熱衷於研究宏偉的峨特式大教堂的建築藝術，忙於跟一些志同道合的青年結交，經常與他們一道到風光如畫的城郊悠遊。但最重要的，是他認識了當時已蜚聲德國文壇的赫爾德爾，並在他的引導下讀荷馬、品達和「奧西恩」的詩歌（《維特》中插入的「奧西恩」哀歌就是歌德當時譯的），讀莎士比亞的戲劇以及哥爾斯密的《威克菲牧師傳》等小說，搜集整理民歌，研究斯賓諾莎的泛神論哲學。從此，歌德的文學創作才走上了正確的道路。而通過他們兩人的共同努力，德國才掀起了自宗教改革以來第一次全國性的思想解放運動——「狂飆突進」運動。赫爾德爾便是這一運動的綱領制訂者，歌德後來通過包括《維特》在內的一系列具有強烈反叛精神的作品，成了它的旗手。

一七七一年八月，獲得了博士學位的歌德返回到故鄉，開了一間律師事務所。但沒過多久，事務所就全盤交給父親經營，他自己卻經常去附近一帶的城鄉漫遊。第二年，經友人梅爾克介紹，他參加了達爾姆斯塔特城的一個感傷主義者團體，不時地跟那些見花落淚，對月傷情的時髦男女聚會，沉迷於克洛卜斯托克的詩歌以及英國作家斯特恩的《感傷旅行》之類的小說。

一七七二年五月，歌德遵照父親的意願到威茨拉爾的帝國高等法院實習，在一次鄉村舞會上認識了天真美麗的少女夏綠蒂・布夫，對她產生了熾烈的愛情。但夏綠蒂已跟他的朋友克斯特納爾訂婚在先，歌德因此痛不欲生，腦子裡不時也出現自殺的念頭，四個月後才毅然不辭而別，回到了法蘭克福。一個多月後，又突然傳來一個叫耶魯撒冷的青年在威茨拉爾自殺的噩耗。此人是歌德在萊比錫大學的同學，到威茨拉爾後也曾跟他有過接觸。歌德還從克斯特納爾的來信中了解到，他自殺的原因是戀慕同事的妻子遭到拒斥，在工作中常受上司的挑剔，在社交場中又被貴族男女所輕侮。這件事大大震動了歌德，使他對自己的不幸更是久久無法忘懷。

一七七四年初，女作家蘇菲・德・拉・羅歐的女兒瑪克西米琳娜來到法蘭克福，嫁給一個名叫勃倫塔諾的富商。她年方十八，活潑伶俐，歌德以前認識她，對她甚為好感，重逢之後兩人都很高興，因此過從甚密。她丈夫卻比她大上二十歲，還是個已有五個兒女的鰥夫，為人粗俗，不久便對兩個年輕人的關係產生出嫉妒，最後跟歌德發生激烈的衝突。這新的刺激令歌德心靈中的舊創傷又流出血來，使他憤而提筆，最後下決心抒寫出兩年來自己在愛情生活中所經歷的全部痛苦感受，由此便產生了《少年維特的煩惱》這部世界名著。

關於《維特》的寫作情況，《詩與真實》第十三卷做了如下描述：

「……沒過多久，這種情況便令我感到忍無可忍，一切從類似維特所在的尷尬處境中產生的不快，似乎都兩倍三倍地壓迫著我，我需要重新痛下決心，才能得到解脫。

「因苦戀朋友的妻子而自殺的耶魯撒冷之死，從夢中撼醒了我。我不僅對他和我的過去遭遇進行思索，而且也分析眼下剛碰到的令我激動不安的類似事件，這一來，我正在寫的作品便飽含著火熱的情感，以至於無從分辨藝術的虛構和生活的真實。我把自己跟外界完全隔離起來，杜門謝客，集中心思，排除一切與此無直接關係的雜念。另一方面，我又搜索枯腸，重溫我最近那段還不曾寫出來的生活，不放過任何一點點有關係的內容。就這樣，經過了那麼久和那麼多的暗中準備，我才奮筆疾書，四個禮拜便完成了《維特》，而事先並不曾寫下全書的提綱或者內容的一部分。

「……我像個夢遊者似的，在幾乎是不自覺的情況下寫成了這本冊子。所以，當我最後通讀它，對它進行修改潤色的時候，自己也感到十分吃驚……」

了解了歌德青年時代的經歷，再讀一讀他的這段自述，我們就不難明白《維特》這部小說何以如此情真意切，感人至深；它的主人公一個個為什麼都能栩栩如生，血肉豐滿。儘管僅僅讀作品本身已「無從分辨藝術的虛構和生活的真實」，真實的成份已經過了藝術的加工；但我們仍大致可以這麼說，小說的第一篇主要是反映歌德本人的經歷，以後的兩部分則寫了耶魯撒冷的戀愛和社會悲劇。以人物而論，維特身上既有歌德熱愛生活、樂觀堅毅的特徵，也有耶魯撒冷耽於幻想、悲觀軟弱的特點；綠蒂的原型主要是夏綠蒂•布夫，只不過她卻長著瑪克西米琳娜的那對漆黑的美目（夏綠蒂的眼睛則是藍色的）；豁達大度的阿爾伯特在第二篇中卻變成了一個庸庸碌碌、感情冰冷的人，原因是克斯特納爾已經在很大程度上為勃倫塔諾所取代。至於整個作品的思想傾向和氣氛情調，也或多或少地為歌德在斯特拉斯堡、達爾姆斯塔特以及從家庭中受到的影響所決定。一句話，《維特》跟歌德本人的關係太密切了，無怪乎他晚年對他的秘書愛克曼講，《維特》乃是他——「用自己的心血哺育出來的，其中有大量出自我胸中的東西，大量的情感和思想足夠寫一部十倍於此書的長篇小說。」

## 《維特》及其時代

然而，世人並不是因此就認為，《維特》只是一部個人的戀愛悲劇；十九世紀的丹麥大批評家勃蘭克斯等早就指出，它的價值在於表現了一個時代的煩惱、憧憬和苦悶。換句話說，《維特》有著異常強烈的時代精神，它所提出的問題帶有時代的普遍意義。

《維特》出版於一七七四年，歐洲正處在從封建制度向資本主義過渡的轉折時期。經過文藝復興、宗教改革和啟蒙運動，新興市民階級已經覺醒，青年一代更是感情激蕩，對自己政治上無權和社會上受歧視的社會地位深感不滿，強烈渴望打破等級界限，建立符合自然的社會秩序和平等的人與人關係。他們提出「個性解放」和「感情自由」等口號以反對封建束縛，以「個人的全面而自由的發展」為理想。但在法國大革命之前，封建貴族的勢力仍很強大，資產階級在與它的較量中大多失敗了；德國的情況更慘。面對著黑暗腐朽的社會現實，心懷無從實現的理想，年輕軟弱的資產階級中普遍滋生出悲觀失望、憤懣傷感的情緒，一時間傷感多愁竟變成為一種時髦。在這種時代氣氛下產生的《維特》，不只述說出了年輕的資產階級的理想，揭示了它跟社會現實之間的矛盾，並讓多愁善感、憤世嫉俗的主人公為這理想的破滅而悲傷哭泣，憤而自殺，以示抗議。這就讓當時的一代青年在《維特》中照見了自己的影子，並像希臘神話裡那個納爾齊斯一樣狂熱地愛起它來。應該說，《維特》反映了歐洲在法國大革命前夕的社會階級矛盾的激化，從中已可聽到狂飆大作之前的淒厲的風聲。

就德國範圍而言，《維特》乃是當時方興未艾的「狂飆突然」運動最豐碩的果實。這個運動深受法國啟蒙運動代表盧梭的影響，力求在社會生活中實現他「返回自然」的號召，從而使得個人得以自由而全面的發展。《維特》處處都體現著「狂飆突進」的精神，「自然」簡直成了它年輕主人公檢驗一切的準繩：他投身自然，讚頌自然之美，視自然為神性之所在；他親近自然的人——天真的兒童和純樸的村民，鄙視迂腐的貴族，虛偽的市民以及「被教育壞了的人」；他主張藝術皈依自然，讓天才自由發揮，反對一切成規和束縛；他推崇民間詩人荷馬和「奧西恩」，嚮往荷馬史詩中描寫的先民的樸素生活，跟矯揉造作的貴族社會和碌碌為利的市民生活格格不入；他重視自然真誠的感情，珍視他的「心」勝於其他一切，同情因失戀而自殺的少女和犯罪的青年長工，蔑視宗教信條和法律道德，對阿爾伯特似的理智冷靜的人非常不滿……就說他對綠蒂的一見鍾情，一往情深吧，一個重要的原因也是她如此天真無邪，在舉止行事中保持著一個少女可愛的自然本性。《維特》對於「自然」的呼喚，實際上就是反抗不自然的封建社會的吶喊。

《維特》之所以取得巨大成功，一個主要原因就在於道出了時代的心聲。關於這點，歌德在《詩與真實》中講得相當明白：「這本小冊子影響很大，甚至可以說轟動一時，主要就因為它出版得正是時候。正像只需要一點引線就能使一個大地雷爆炸似的，當時這本小冊子在讀者中間引起的爆炸也十分猛烈，因為青年一代身上自己埋藏著不滿的炸藥……」

德國的落後和資產階級的軟弱，決定「狂飆突進」運動不可能有廣泛群眾基礎，僅僅只能在文學和思想領域內起作用。《維特》主人公的消極情緒以及悲慘結局，也反映出這個運動在那個時代的侷限性。

## 《維特》的高度藝術性

在表現形式上，《維特》受了一度在德國很流行的英國理查生的小說和盧梭《新愛洛伊絲》

的影響。但無論在思想的深刻或藝術的精湛方面，歌德都超過了他的前輩。

歌德非常成功地運用第一人稱的書信體，讓主人公面對面地向讀者訴說自己的遭遇和感受，展露自己的抱負和情懷。近百封長短書簡巧妙地構成一個整體，前後加上「編者」的引言和按語，中間穿插著注釋，把一些平淡無奇的事情講得真切感人，娓娓動聽。

信中時而寫景，時而抒情，時而敘事，時而議論，讀著讀著，我們自己彷彿變成了收信者，聽到了主人公的言談笑語、啼泣悲嘆，窺見了他那顆時時在柔弱地顫動著的敏感的心靈。在情節剪裁精當和內心刻劃細緻入微這一點上，《維特》至今在同類作品中仍居於前無古人後無來者的高峰之作。

《維特》藝術上的另一顯著特色，是通篇充滿濃郁的詩意，其本身也可稱為一首淒惋的敘事詩。在很多情況下，主人公還直抒胸臆，把自己的喜怒哀樂直接向讀者宣洩，如他那封在生命的最後兩天斷斷續續寫成的給綠蒂的長信，就是一個突出的例子。即便是寫景狀物，做為必要的情節交待，也始終起著烘托情感，揭示內心的作用。請看：維特初到瓦爾海姆時是萬物欣榮的五月，離開和重返瓦爾海姆時都已是落木蕭蕭的秋季，等他生命臨近結束時更是到了雨雪交加的仲冬——時序的更迭和自然界的變化，跟主人公由歡欣而愁苦以至於最後絕望的感情發展完全吻合，做到了詩歌所講究的情景交融，寄情於景。再如荷馬和「奧西恩」的詩句或詩中的意境，也得到了恰到好處的運用，前者的樸素、寧靜、明朗，後者的陰鬱、朦朧、傷感，不僅有助於小說前後不同的情調和氣氛的渲染，使一些日常事物都給蒙上了奇異的詩的色彩（比如那一再被提到的清泉），而且時時令人產生聯想，受到感動。「春風啊，你為何把我喚醒……可是我的衰期已逼近，風暴即將襲來，刮得我枝葉飄零！」——「奧西恩」的這幾句哀歌，由即將離開人世的維特親口唸出，不正是他那淒涼心境和悲慘命運的絕好寫照嗎？

## 《維特》巨大而深遠的影響

真情實感，強烈的時代精神，高度的藝術性，三者結合在一起，就賦予了《維特》以震憾人心的巨大力量。寫成了《維特》，歌德說：「感到自己像辦完一件大事一樣，心情既愉快又自由，好像獲得了過一種新生活的權利！」但一種被稱作「維特熱」的時代病，卻也被這本小書引發了出來了。

《維特》一問世，當即風靡了德國和整個西歐，廣大青年不僅讀它，而且紛紛摹仿主人公的穿戴打扮、風度舉止。「狂飆突進」運動的重要成員詩人舒巴爾特在一篇評介文章中談自己讀

《維特》的感受說：「我坐在這兒激動不已，胸口怦怦直跳，狂喜而痛苦的淚水滴答滴答往下淌，因為——我告訴你吧，讀者——我剛剛讀完了我親愛的歌德的《維特》。是讀嗎？——不，是吞噬啊！要我對他進行評論嗎？我要是能這樣做，我這人就沒有心肝……我奉勸諸位還是自己買一本《維特》來讀讀！但讀時請務必帶上自己的心——我寧肯終生窮困，一輩子睡乾草，飲清水，吃樹根，也不願失去體察這位多情善感的作家的心曲的機會。」

然而，並不只是青年一代才如醉如痴地讀《維特》，就連德高望重的大詩人克洛卜斯托克、道貌岸然的神學家拉瓦特爾，以至於蓋世英雄拿破崙，也統統為這本「小書」所傾倒。當然，與此同時也有人對《維特》看不慣，而形形色色的衛道士更是斥之為「淫書」，「不道德的該遭天譴的書」，表面理由是有少數人學維特的行為自殺了，真正原因卻是書中的反封建精神觸到了他們的痛處。德國的一些聯邦和丹麥宣布《維特》為禁書，它的譯本一出現在米蘭就被教會搜去銷毀。但儘管如此，仍阻止不了《維特》的流傳，它很快被譯成各種語言。在資產階級意識特別強烈的英、法兩國，到十八世紀末已有譯本十數種之多，仿效之作也大量湧現。據一篇日本著名日爾曼學家的文章，《維特》的日譯本迄今已共有四十五種，其在日本的受歡迎程度可想而知。

《維特》的成功，不只使當時年僅二十四歲的歌德一躍而為德國乃至西歐最享盛譽的作家，也把過去一向被人輕視的德國文學提高到了跟歐洲其他先進國家並駕齊驅的地位。人們從四面八方對歌德這位年輕的天才翹首以待；等到他晚年，他所居住的魏瑪更成了世界各國的作家和詩人競相前往朝拜的聖地。

在德國和西歐長篇小說的發展史上，《維特》堪稱一塊重要的里程碑。與歌德同時而年長的維蘭，被視為德國近代長篇小說的創始人，是他恢復了中斷將近一個世紀的小說傳統；然而維蘭的作品大多採用古代或東方異域題材，手法上主要是諷喻。直接反映德國日常生活並富於真實感的小說，當推《維特》為第一部。而在深刻揭露社會矛盾和針砭時弊這一點上，《維特》更可說是西歐十九世紀的現實主義「問題文學」的先驅，斯湯達爾、巴爾扎克等小說大師也間接地繼承了寫它的傳統。

至於書中的主人公，那個青衣黃褲的翩翩少年維特，則已成了世界文學中一個盡人皆知的不朽典型，即萊辛所說的那麼一種「偉大而又渺小，可愛而又可鄙的怪人」。一九七〇年，東德作家普倫茨多夫的小說《青年W的新煩惱》在東西德都引起很大注意，改編成了戲劇，拍成了電影，其主人公W就被認為是一個現代型的維特。

德國人摹仿我，法國人讀我入迷，

英國啊，你殷勤地接待我這個
憔悴的客人；
可我又怎能不歡欣鼓舞哟，中國人
也用顫抖的手，把維特和綠蒂
畫上了花瓶！

歌德這首收在《威尼斯警句》中的短詩，既道出了他因《維特》的成功所感到的得意心情，也表達了他對我們東方文明古國的某種嚮往和重視。

國家圖書館出版品預行編目資料

少年維特的煩惱／歌德著（Goethe, Johann Woifgang Von） 林伯年／譯
-- 二版 -- 新北市：新潮社，2020.2
面； 公分
譯自：Die Leiden Des Jungen Werthers
ISBN 978-986-316-755-6（平裝）

875.57 108019192

**少年維特的煩惱**

歌德／著

林伯年／譯

【策　劃】林郁
【制　作】天蠍座文創
【出　版】新潮社文化事業有限公司
電話：(02) 8666-5711
傳真：(02) 8666-5833
E-mail：service@xcsbook.com.tw

【總經銷】創智文化有限公司
新北市土城區忠承路 89 號 6F（永寧科技園區）
電話：(02) 2268-3489
傳真：(02) 2269-6560

印前作業　菩薩蠻、東豪印刷事業有限公司

修訂一版　2020 年 2 月